JN065690

徒然種々

宮藤 等

東京図書出版

まえがき

兼好法師に倣って、「由なし事」を「そこはかとなく」書きつけてみた。自分が何に心を動かし、誰に何をどう伝えたかったのか。何に拍手を贈り、何に眉を吊り上げていたのか。

さて、書き上げてみると、文章の行間からそれがはっきり伝わってこないのは残念だ。とすれば、「怪しうこそ物狂ほしけれ」という兼好法師の境地とはちょっと違うが、私のこのような気分も「怪しさ」「物狂おしさ」に加えてみたいところだ。

私は人との出会いや出来事からたくさんのことを教わった。お年寄り、先輩、同輩、若い人、生徒、幼い子どもからも学んだ。人だけではない、海、山、空、さらには、鳥や動植物からの学びや気づきもあった。

とりわけ、真っ当に生きてきた人々の生き方には魅了された。自分の世界を大切に守って律儀に人生を送る姿は見事だ。同時にまた、反面教師にもたくさん出会った。その時は困惑したが、そこから学んだことも捨てがたい。

一喜一憂、右往左往は人の常。一個の人間が自分の拙い物差だけであれもこれも「決めてかかる」のはつまらない。人間の愉悦にはもっと大きな奥行きや厚みがあることに気づくことだ。先のことは未知。それになまじっかな「枠」をはめるのは人生を細らせるだけだ。

「常識」という思い込みそのものが「非常識」なこともある。子どもの「定番」は「幼稚」。「幼稚」の「核心」は「無垢」や「無邪気」だ。それを失った大人がもう一度凝り固まった肩の力を抜いて「無邪気」を取り戻すこと。そして、自らの生き方を問い直すことに意味がある。

幸不幸、満足不満足、好悪などの感覚はそれぞれ対極にあるのではない。音響機器のボリュームに似て、レベルの合わせかた次第でどうにでも迫ってくる。心地よさ、不満、不機嫌など、さまざま。聞き取れずに苛々が嵩ずることもあれば、かすかな旋律にふと我に返って深呼吸をしたくなったり、新たな発奮を促されたりすることさえもある。

だから人生はおもしろい。心の鎧を脱ぎ捨てること。そうしたら新たなものがより鮮やかに姿を現す。やはり人生はおもしろいのだ。

徒然種々◇目次

まえがき …… 1
第一章 …… 7
1 簞歳時記 …… 7
2 「やねにあが」 …… 12
3 烏のカラヤン …… 16
4 双子の船絵馬 …… 28
5 間切り走り …… 38
6 伊那谷「上村」のこと …… 43
7 「神楽」の日 …… 50
8 新婦翻心 …… 57
9 お詣り寸描 …… 63
10 烏と宮司 …… 68

第二章 …… 74
1 『リエンチ』序曲 …… 74
2 子規庵の朝顔 …… 80
3 前後裁断 …… 87
4 嗚呼、英語！ …… 92
5 ピグマリオン効果 …… 100
6 積算温度一〇〇〇度 …… 105
7 健診顚末記 …… 109
8 第二志望で！ …… 114
9 「教高育低」 …… 119
10 「カマス人間」になるな！ …… 124
第三章 …… 130
1 八咫烏とAGIPの黒犬 …… 130
2 言削ぎ …… 134

3 「野菜澤山」…… 140
4 喫 茶 去 …… 147
5 「鼬反顧」…… 154
6 「ウンニャマー！」…… 158
7 シェルパの目、イヌイットの目 …… 165
8 無邪気と邪気 …… 171
9 神保町界隈 …… 182
10 熱っつい稗飯と鰯 …… 186
11 桜の蕾と中田喜直 …… 190
12 猿の跋扈 …… 196
13 「逆さ地図」礼讃 …… 201

あとがき …… 205

第一章

1　箒歳時記（ほうきさいじき）

春の雪消えとともに始まるのが掃除だ。お宮の境内や石段を毎日竹箒（たけぼうき）で掃くという単純な作業ながら、そこからは着実に季節のうつろいを体感することができる。草や木の息吹、さまざまな生き物の息遣い、それら自然の生物や動物を、時間とともに変わる天候がさまざまに演出し、新鮮な舞台を作り上げてくれる。考えてみると、いつの間にか自分もその自然の演出に取り込まれていることに気づくのは楽しいことだ。

掃き掃除の舞台は、日本海を見下ろす西津軽鰺ヶ沢町（にしつがるあじがさわまち）本町鎮座の白八幡宮（しらはちまんぐう）という神社だ。毎朝の掃除を繰り返していると、季節の動きが幽（かす）かではあるが確実に変わってくる。そのセンサーの役目をしてくれるのは道具の竹箒だ。新たに時間差で出番を違（たが）えず芽を出す草々、咲き出し、咲き誇り、咲き終えていく花びら、春落ち葉といわれる散り敷いた樹々の葉。季節ごとに風や鳥が運んでくる塵芥（ちりあくた）や餌の欠片（かけら）、境内で繰り広げられる昆虫たちの動き、鳥や小動物たちの鳴き声や活動の痕跡など、その場にいなければなかなか捉えにくい事象が箒のセンサーを伝わって目の前に姿を現す。

かつて、高校で教えていたときの生徒の珍答が懐かしい。『仰げば尊し』の一節、「今こそ別れめ」を、ある生徒は係助詞や助動詞などは全く無視して「今こそ別れ目」とやり、また、ある生徒は、『徒然草』の冒頭「よしなしごとをそこはかとなく書き付くれば……」を「よしな！　仕事を！」とやって、クラスは爆笑の渦だった。

その兼好法師の「由無しごと」（たわいもない事）にあやかって、お宮の掃除から得られた季節感をツレヅレ（する事もなく退屈なさま）にまかせてとりとめもなく書き付けることにし、それを「箒歳時記」と名付けた。どんな展開になるのか予想はつかない。話は勝手に飛び歩きしそうで、果たしてそれをうまくコントロールできるかどうか。

さて、境内の掃除が毎日飽きもせず続くのは、掃除の後の爽快感あってのこと。最初は何日かに一回のつもりだった。ところが、いったん綺麗にしてみると、次の日の朝にはまた掃かずにはいられなくなる。秋でもないのに、掃いても掃いても境内には〝新顔〟の葉っぱが散り敷いている。

「落ち葉は秋」、「常緑樹は冬でも枯れないから常緑樹」というのがそれまでの自分の常識だった。ところが、サクラ、イタヤカエデ、マサキ、マツの葉などが春や夏でもぱらぱら散ってくる。これが『春落葉』や『夏落葉』だということを後で知った。知った以上は掃き集めなければならないことになった。

掃除が誰もいない早朝の日課になるに及んで、境内での新たな気づきがどんどん増えた。掃き集めるものの種類や量が日毎に変化している。それがまた興味の対象になった。季節の推移は微妙なので、なかなか捉えがたいものだが、掃くことによってその変化がくっきり姿を見せてくれるのだ。

また、掃くという単純な動作のリズムがもたらす効果も見逃せない。さまざまなことを感じたり、考えたり、思い出してそれを反芻したりするのに最適なのは掃くことのリズムだ。

まだある。目にとまる風景、体感する気象（さまざまな雨、さまざまな風、日差し、温度、湿度、聞こえてくる音、刻々と変わる空の色、海の色など）が、自分史の中のさまざまな場面を呼び覚ましてくれるというオマケまでついた。

そのような想像や回想は瞬時に時空を飛び越える。掃く手を止めて海を眺めると、対岸の津軽半島には北へ向かって伸びる七里長浜の海岸が望まれる。そこから想いは一気にドーヴァー海峡に面したフランスのカレーの海岸へ飛ぶ。ご神庫の脇に自生する真っ赤なフサスグリから、アルプス山中での朝食へ。コーヒーやパンの香りとともに真っ赤なフサスグリの甘酸っぱいジャムの味が蘇る。悪たれ猿どもがバトルを繰り返して折った太い杉の枝を片付けながら、父と二人で草を刈り穴を掘って杉の苗木を植えた小学五年の頃にタイムスリップしていく。

このように境内の掃除には回想を引き出してくれるスイッチが無尽蔵に配置されているようだ。それを楽しむ作業こそが掃き掃除なのだ。お陰でたくさんの新しい気づきがあった。意味づけの深化もできた。それで十分なのに、たまにお詣りに石段を上ってくる方々からお褒めの言葉をいただくと、小学生の頃に先生からハナマルを貰った気分。やはり掃除にはさまざまな「味」があるものだ。

※掃除の舞台　白八幡宮は日本海に面した西津軽郡の鰺ヶ沢町にある。大同二年（八〇七年・平安時代）に征夷大将軍坂上田村麻呂公が蝦夷征伐の折に、「蝦夷退轉降伏祈願所」として建立したとされる社である。康元元（一二五六）年、後深草天皇の御宇、鎌倉幕府第五代執権北条時頼公が、得宗領巡視の折、社殿を再興。慶長八（一六〇三）年に津軽藩初代藩主津軽為信公により武運長久、国家安泰祈願所として再建された。以後、鰺ヶ澤総鎮守となり、「津軽三八幡」（弘前八幡宮・白八幡宮・浪岡八幡宮の三社）の一つにも数えられている。白八幡宮大祭は、藩命によって延宝五（一六七七）年に始まり、古式ゆかしい京風の雅やかな祭りとして今に伝わる。また、藩政時代から明治中期にかけて北前船の寄港地として栄え、その名残として、大坂（大阪）、塩飽、加賀、越前などの船頭たちや地元の豪商などによって奉納された船絵馬や石灯籠、瑞垣など、往時を偲ぶ縁となる資料が社殿や境内を飾っている。

※「よしなしごと」たわいもないこと。とりとめもないこと。

※「春落葉」若葉の生長に伴って古い葉の色が変わって落葉すること。常緑樹の場合は冬はそ

のままでも晩春になると古葉を落とす。松などは雨や雪や風によってこれが日常的に繰り返される。

※「七里長浜(しちりながはま)」青森県西津軽郡鰺ヶ沢町から日本海に沿って北上する津軽半島の海岸。

※「ご神庫」神社の宝物、祭典に用いる道具、お神輿などを格納する建物。

2 「やねにあが」

はるなれば　にわとりまでも　やねにあが

これは俳句のつもりだ。小学生が初めて作ったものだ。

それぞれのことばに思いつく漢字を当てはめてみれば、季節は春、元気そうな鶏(にわとり)、屋根の上、おおよそ、そのような雰囲気が伝わってくる。

しかし、「やねにあが」の「あが」で止まったのはどういうことか。

この子どもは俳句の決まりにこだわっているのだ。しかも、はじめて俳句に挑戦した小学生の緊張感が伝わってくるほほえましい俳句だ。五・七・五は俳句の「きまり」。それを必死に守ろうとした結果が「やねにあが」なのだ。何とかして「る」をつけたくて、何度も指を折って数えるがオーバー。困り果てた子どもの姿が目に浮かぶ。大人なら「屋根の上」とでもするのだろうが、子どもにはそこまでは無理だ。

もう一つの気がかり。それは「はるなれば」もハテナ？　小学生は「文語」（古典的な表現）を知るはずもないから、「春デアルノデ」（春なので）という意味で使っているはずはない。「なれ」は童謡『どじょっこふなっこ』の冒頭のように「春になればぁ〜」という意味で使っているようだ。それにしても、「春になれば」とか、「春になると」など、どうしても助詞の「に」が欠かせない。そうするとここでも指が一本余る。俳句の約束違反だ。ここにもその子どもの苦心があったのだ。「春くれば」でもよかったのだが、そこまでは頭が回らない。ともかく、その子どもにとっては、先生の教えてくれた俳句の決まりは何が何でも守らなければならなかったのだ。

幼い子どもは無邪気(むじゃき)だ。だから決まりそのものを全身で受け止めようとする。決まりに反応することで精一杯になる。俳句を作るのには自分の指が必用だ。それはきちんと数えて確かめる道具なのだ。

子どもの魅力はこれだ。好き放題に振る舞うことができた幼児のころが過ぎ、少しずつ成長するにつれて「きまり」とのつき合いが始まる。それを守ろうとする子どもの健気(けなげ)さがいい。大人とは世の中を渡る術(すべ)を身につけた人だという。決まりを守るためにはさまざまな手段があることを体験的に知っている。場合によっては守らなくても守ったように装う術(すべ)も知っている。その大人も子どもの頃は無邪気だったはず。ところが年齢を重ね、さまざまな生き方を余儀なくされるうちに、本来の決まりを自分に都合の良いように使い分ける技を覚える。

相手があって、しかも幸不幸、損得、正邪に関わる判断などにもこの手を使うようになる。中には「禁じ手」であることを知りながら、倫理にもとる手段に奔(はし)る者もいる。はじめは人を陥れることを憎んだはず。ところが厚顔無恥を演じはじめると、それが大人に成長した姿だと思いなして自らを慰めている。モラルを弁えず、快刀乱麻を断つがごとく処理して生きる姿をもって「世渡り」の達人と崇めていいのだろうか。そんな世の中では誰もが身構えざるを得なくなる。

一方、大人にも無邪気を失わない人もいる。腹蔵なく安心してつきあえる人だ。その人の生き方に幾分かの不安があるとすれば、誠実ゆえに不届き者に絡めとられはしないかということだ。子どもであれ大人であれ「きまり」を守るには「倫理」の力に負うところが大きい。動物には親が子を庇う本能がある。それは母性とか父性とはいうが倫理とは言わない。人と他の生き物との違いはこれだ。

さて、この小学生の通う学校は、日本で初めて世界自然遺産に指定された白神山地に向かう途中の津軽の山間の学校だ。生徒数は全校合わせても二桁に満たない。冬期間は谷川の音も聞こえなくなり、雪に埋もれてひっそりと暮らす生活だ。まるで墨絵の風景だという。

そんな長い冬をじっと耐えて、待ちに待った春。相当な時代を経たであろう茅葺き屋根からは、暖かい日差しに照らされてかすかに湯気が立ち上っているような気配。まさに春の復活なのだ。

そのような世界でこの句が生まれた。春の陽光、鮮やかな空の青、雪解けの喜び、木々の芽吹きへの期待、さまざまな野鳥の囀りの復活、せせらぎのリズム、全ての自然の動きを全身で受け止める喜び。その中で、屋根に上って啼く鶏がその子どもの「沸き立つこころ」を象徴する。

そして、この俳句のみごとな世界とは別に、私にはもう一つの感慨がある。俳句のきまりを守ること、先生の教えを守ること、この二つに応えるために「やねにあが」で打ち切った子どもの心根への大きな共感である。

健気で大らかで素朴で無邪気な少年なのだ。それは、ひとり彼だけではなく、我々の誰もが持っていた心根のはずだ。どんなに成長しても、更にはどんなに苦境に立たされても残しておきたい心根がこれだ。そういう意味で、この「やねにあが」の俳句は自省を促すという意味で私にとっては珠玉の逸品なのだ。

3　烏のカラヤン

一、孤独な嘴太

ここで言うのはベルリンフィルのカラヤンではない。しかし、彼のようにあまりにも傑出した能力をみせてくれたカラスなので、後日、家内と談笑しながら「カラヤン」の尊称を奉ったカラスのことだ。

このカラスは全く変わったカラスだ。姿は並のハシブト（嘴太烏）。鳴き声は聞いたことがない。というよりは、鳴くのだろうが私は聞いたことがないので、カラヤンの声質はわからない。

このカラヤンは啄木鳥の真似が得意だ。無論、真似ようと思ってやっているのではないのだろうが、突っつく時の迫力としつこさは啄木鳥に負けてはいない。ヘビー級とフェザー級の違いだ。

自然界の生き物は生きることそのものが厳しい条件下に置かれているので、餌を求める採餌行動と繁殖行動以外の無駄な行動はしないはず。だから、他への警戒心や対抗心も強い。ところがこのカラヤンの行動様式はそんな常識ではくくれない。

初めにその不思議な行動に気づいたときは、その野性味の希薄さから、どこかで飼われていたのが逃げ出したのではないかと思った。とはいうものの私の知る限り、この辺でカラスを飼っているという話は聞いたことがない。

ある日の夜明け方、硬いガラスか何かを連続的に叩くような音が聞こえる。啄木鳥のアカゲラ、アオゲラ、コゲラはこのあたりにもたくさん生息しているが、そのドラミングの音とは似ても似つかぬ無骨（ぶこつ）な音だ。そもそも、啄木鳥がガラスを叩くわけがない。

だまって聞いていると、啄木鳥よりは遥かに間遠（まどお）いが、破壊しないではおかないぞ、というような迫力のある重々しい叩き方だ。

わが家の近くにNという電信電話会社の中継基地になっている大きな建物がある。その敷地内で大がかりな工事が行われたとき、起重機を積んだ大型のトラックが何日も出入りしていた。

毎朝、仕事が始まるまではひっそりしているのだが、その静寂（しじま）を破ってガツガツ、ガツガツという音が喧（やかま）しい。不審に思って窓のカーテンを開けて覗いてみると、一羽のカラスが、トラックの大きなサイドミラーを烈しく突っついている。しかも、都合のいいことに、ミラーのアームに乗っかって、それを足場にして闘いを挑むようなさまは尋常（じんじょう）ではない。

最初はその行動の意味が分からなかったが、すぐに合点（がてん）がいった。自分の姿が映っていることを理解できないカラスが、ミラーの中の〝カラス〟に猛然と挑んでいるのだ。脳震盪（のうしんとう）を起こしはしないかと心配になるほどしつこい。その好奇心と執着心は並みではない。

たいていは、何度か同じ行動を繰り返して、にっちもさっちもいかなければ一旦休むか諦めるかなのだろうが、このカラヤンはのべつ幕無し。自分の行動に対して「？」も「！」も持ち合わせていないらしい。本能丸出しでの追求は飽くことを知らない。

そういえば、カラスには概ね執念深い習性がある。お宮の上の山にニセアカシアの大木がある。トンビがその木をコロニーのようにしていて、多いときは五十羽近くが集団で陣取っている。輪を描くように高い空を悠然と滑空する姿には余裕がある。些事にかかわらない風格といってもいい。

ところが、その輪を描くトンビに向かって、はるかに図体の小さいカラスがたった一羽で纏わりついて攻撃をしかける。実際には、ちょっかいを出して追い払おうとするのだろうが、これがまた呆れるくらいにしつこい。

トンビは猛禽類の一種だから、カラスには負けるはずがないとは思うのだが、いつもトンビの方がピクリと羽を動かして身をかわしたり、スーッと滑空したりして関わりを持とうとしない。そして、終にはカラスのしつこさに根負けしてその場から飛び去っていく。

トンビにすれば「燕雀いづくんぞ鴻鵠の志を知らんや」とばかり、些事に関わりを持とうとしないのかもしれない。いずれにしても、トンビに無意味に喧嘩をしかけるのは身の程知らずの普通のカラスだ。これでは「燕雀」の仲間に烏を加えられてもしかたがあるまい。

ついでに、少し余談になるが、幼馴染みの友人と一緒に車で津軽の国道を走っていたときのこと、前方の空中に数羽のカラスの変な動きを発見した。あまり気にもとめず視線を道路に戻すと、そこにはカルガモの親と十数羽の小ガモが一列になって道路を横断し始めていた。

慌ててハザードランプを点灯して車を止め、友人は空へ向かってカラスを威嚇して近づけまいとし、私は後続の数台の車に小ガモの一団が道を横切っていることを伝えて、少し待ってもらった。

二重の危険を避けて渡り終えたカルガモ一家は茂みの中に消え、第三者の我々は胸をなで下ろして一件落着となった。恰好の餌を前にしてみすみす見逃さざるを得なかったカラス、彼らは我々に強い敵愾心(てきがいしん)を抱いたであろうが後の祭り。カルガモの親子は深い茂みの中へ消えていった。

二、ドン・キホーテ

さて、件(くだん)の「カラヤン」は後日、他の場所で同じ行動をしはじめた。今度はN社の本館二階のガラス窓を残さず攻撃だ。窓枠に張り巡らせている防虫網戸は無惨に破られてしまった。あろうことか、次の攻撃はわが家の山側の窓だ。同様に網戸はズタズタにされてしまった。攻撃目標は網戸そのものではなく、ガラスに映るカラスへの攻撃なのだ。

攻撃を受ける窓には構造上、共通の弱点がある。カラスの「止まり木」となる「足場」があることだ。N社もわが家も大きな窓の下には鳥が余裕を持って止まれるほどのスペースがあることが分かった。これではN社にもわが家にも勝ち目はない。

これ程の好奇心を持って行動するのはカラヤンに違いない。カラスは真っ黒だから個体識別は難しいが、カラヤンのような「勇猛の士」は他にはなかなか考えられない。こうなったら、いくら相手がカラヤンでも一方的な攻撃に晒されるのは癪なので、こちらからも応戦をはじめることにした。

まず、わが家ではカラヤンの攻撃の足場になりそうなものをすべて片付けた。更に、裏山で伐採した木の枝を何本も窓に立てかけて自前の防御柵を作った。長短さまざまな木をたてかけて、カラヤンの首が直接ガラスまで届かないように万全を期したつもり。だがこの戦法もその甘さをまんまと衝かれた。

わが家にはまだ薪を燃す竈が残っている。春に送られてくる孟宗の筍を茹でたり、山菜の灰汁抜きのため大量の湯を沸かしたりするのには重宝している。とは言うものの、半分は火を焚くことの面白さ、半分は「家のカマドを無くしてはならぬ」という昔からの家意識にまつわる気分を楽しんでいるだけで、日常的に使っているわけではない。

この竈の薪にするため、窓の下に積んでおいた丸太がカラヤンの踏み台になりそうだったのでそれもすべて片づけた。少し長めの丸太は木口（木材の切り口）を揃えて数本立てかけておいた。まさかそれを踏み台にするとは考えもしなかった。

　ところが、やって来たカラヤンは事もなげに立てかけた丸太の木口に飛び乗った。まるで私の算段をあざ笑うかのような身軽な行動に完全に虚を衝かれた。木口に乗っかれば窓ガラスは目の前だ。

　ところが、さしものカラヤンも、自分が足場としている丸太がそれぞれ別な木であったことまでは見抜いていなかった。烈しい突っつき行動に夢中になっているうちに、足を乗せた丸太がそれぞれ左右反対方向へ徐々にズレ始めた。

「何で足場が左右に開いていくんだ？」

「オーッ！」

「アーッ！」

と慌てふためくようなそぶり。

　それでも網戸の攻撃を止めない。カラヤンは自分の両足が広がっていくことにギリギリまで耐えて踏ん張ったが、ついに限界。

　左右の足をのせた丸太は股割(またざ)きのように両側へガタンと音をたてて倒れ、カラヤンはどさりと地面に落ちた。実に無様(ぶざま)な姿で落ちた。少なくとも、少しは羽を広げるなどして鳥の本能を見せてくれてもいいはず。

　抱腹絶倒(ほうふくぜっとう)とはこのこと。自然界にあっては絶対に見られない姿だ。もしや、カラヤンは並外れた〝運動音痴〟で、それ故に他のカラスとは違った動きをするのかとも思った。ここで笑ってカラヤンの尊厳を傷つけることになってはと必死に堪(こら)えた。人間ならまだしも、カラスがこんなドジを踏むとは。

野生の生き物なら持ち前の勘と運動神経で、そうなる前にポンと地面に降りるはず。と言うよりも、それ以前にガラス叩きなどというそんな馬鹿げたことに夢中になったりはしないはず。カラヤンはそこまで探究心が強いのか、それとも猪突猛進(ちょとつもうしん)の勇士なのか。

この一部始終を私は裏の柿の木の下から距離を置いて眺めていた。カラヤンの狼藉を止めようなどという気はまったく起きず、むしろドキュメンタリー番組『ワイルドライフ』の一場面を見ているように興味津々だった。登場するカラヤンの動きはまるでハイスピードカメラの映像のようだった。

立ち上がったカラヤンは再挑戦をやめた。丸太が倒れて完全に足場が失われたからだ。そして、何事もなかったようなそぶりで辺りをキョロキョロ見渡しながらわが家の坪庭(つぼにわ)の池の方へ歩いていった。そこには羞恥や卑下のそぶりは一切見せず、次の対象へ向かう風格のようなものがあった。一連の行動を笑いを押し殺して見つめた私よりも、このカラヤンの方が役者が一枚上だったようで、そこには〝人格〟を感じるような親しみを覚えた。

『ラ・マンチャの男』で知られるドン・キホーテを思い出す。スペインのセルバンテスの冒険小説に出てくるドン・キホーテは、騎士道に心酔し、この世の不正を正そうとするあまり、現実と物語の区別がつかなくなってしまう愛すべき主人公だ。作品の中には「カラスコ」という学士も登場する。カラヤンを観察しているうちに、このドン・キホーテと二重写しになっていることに気づいた。

もしかしたら、鏡の中の相手が自分の真似をして、自分と寸分違わぬ攻撃をしかけてくるという非礼に対して、その前非を悔悛させるべく果敢に闘いを挑んだものか。

いや、もしかしたら、私が「攻撃」と思い込んだのは間違いで、例えば相手への入念な「挨拶」や、同じ行動をとる相手への「仲間意識」なのか。または「愛情表現」としての所作だったのか。どう考えても、カラヤンに「攻撃」は似合わないような気もする。

私は様々な解釈を試みるが、カラヤンには一筋縄での解釈を許さないというような威厳がある。家内はカラヤンの人間並みの行動様式に圧倒されて、ついつい「あの人は」などと口走る始末。

また、ある朝のこと、あまりにも空気が爽やかなので、外気を取り込もうと入り口の戸も窓もがらりと開け放しておいた。さまざまな小鳥の囀りが聞こえて、戸を開けていることも忘れるくらい穏やかな朝だった。すると、朝日が差し込む玄関に何かの気配。そっと目を向けると、そこにはカラヤン。

入り口からわが家の式台（玄関先に設けた一段低い板敷きで、客を送迎して礼をするところ）まで、堂々と歩いて入ってきて、首を左右に振って不思議そうに辺りを見回している。私の存在に気づいても慌てて逃げるふうでもない。黙って見ている私を確認すると、冷静なそぶりでくるりと向きを変えてまた歩いて出て行った。こんな経験も今まで一度もなかった。

これら一連の光景を、私はいつも距離を置いて見つめていた。追い払うなどは考えもしなかった。カラヤンはありがた迷惑なことはするが、わが家にとっては招かれざる客ではなく、今では珍客以上の賓客(ひんきゃく)に格上げされた存在だ。

どう考えても、カラヤンの動きは食い物への執着ではない。自分の目にうつる不思議な現象の答えを探る、いわば、カラヤンの旺盛な探究心なのだ。人間にもこのようなタイプの人がいる。それはたいていの場合愛すべき人物だ。カラヤンもこの類(たぐい)だ。

このカラヤンがいつの間にか姿を消したときは少しうろたえた。家内もカラヤンの行方が気になってしかたがないようだった。その頃のカラヤンは、われわれ夫婦にとっては既にカラスではなく、一個の人格の持ち主にまで昇格していたのだ。

「カラスと予兆(よちょう)」は日本人の誰の意識にもあって、どれもがネガティブなものばかりだが、それを払拭(ふっしょく)してくれたカラスがカラヤンだった。それとの出会いはわれわれ夫婦のそれまでの「カラス観」や「動物観」を大幅に変えてくれた。

三、冬のカラヤン

その年の冬の出来事。吹雪(ふぶき)の止んだ朝、私はいつものとおり神社へ向かう石段の雪掻きをしながら上っていき、手水舎までたどり着いた。ここまで雪掻きをすると冬でも汗ばんでくる。

一息入れて、拝殿までの参道の除雪をはじめたとき、一羽のカラスが歩いて近づいてきた。とっさに、カラヤンだな！　と思った。普通のカラスは人を避け、木の上や鳥居の笠木（鳥居や門などの上に渡す横木）に止まって、不審者が近づいたといわんばかりの鳴き声で警戒する。ところが、このカラスは私が綺麗に雪掻きをした参道を歩いて私の後に従う。私の先に出ないのは、出たら深い雪に埋まるからだ。この動きは間違いなくカラヤンのものだ。雪掻きを面白い動作だと思ったのか、私から少し離れたところを盛んにポンポン飛び跳ねて動き回る。

そして、ここでも珍事が起こった。

そのカラスが石段の手摺に跳び上がろうと、ちょっと羽ばたいて足をかけたかと思った瞬間、その手摺からバサッと滑り落ちたのだ。自然界の動物の行動で、こんなドジを演ずるのはカラヤン以外にはない。「猿も木から」ならぬ、「烏も手摺から落ちる」だ。

そのカラスは慌てて立ち上がったが、この一件で、カラヤンであることを確信した。少しくどい話になるが、カラヤンの名誉のために、滑る手摺のことに触れておきたい。

夏の大祭を前に石段や手摺を修理した。ペンキが剥がれ落ちたり錆び付いたりしていた手摺は、塗り替えられて見違えるようにツルツルになった。冬になってその手摺に新雪が積もって、それまで以上にツルリと滑る状態になっていたのだ。

しかも、石段を上る部分の手摺は石段と平行に斜めになっている。上りきると手摺も水平になる。カラヤンは地面から手摺に飛び乗ろうとしたとき、たまたま斜面と水平面との境目に飛び乗ったのだ。滑る条件は二重に整っていたのだから、一概にカラヤンの不注意だけとは言いがたい。

雪掻きもそっちのけで吹き出しそうになる可笑しさを噛み殺した。誰もいないのだから大声で笑っても良かったのだが、カラヤンに悪いような気がして堪えた。同時にカラヤンとの再会を喜び、勝手に久闊を叙するという心境になった。

後日、大寒も過ぎてやれやれと思っていたころ、カラスが石段の脇で雪を被って動かない。

——死んでいる。

——ハシブトだ。

——まさか。

これまでも冬には餌を採れずに餓死したと思われるカラスもいたので、私の知らない個体だろうと思いたかったが、どうしてもその確信は持てない。突然突きつけられたカラスの死に不憫と憐憫が綯交ぜになってその場に立ち尽くした。

大きな段ボール箱に入れて我が家の山まで運び、雪の下の土を掘って埋めることで、その認めがたい気持ちに区切りをつけた。

カラヤンがわれわれ夫婦に愛されたのはなぜだったか。言葉を交わしたこともなければ餌を与えたこともない。勝手に動き回るのを見ていただけだ。でも、他のカラスと決定的に違うところがあった。それはわれわれと距離を置かないことだった。ちゃんと飛べるはずなのにわれわれと同じ平面で活躍したことだ。探究心の塊だったが、その行動は一貫して朴訥(ぼくとつ)で貫かれていたことだ。人目を盗んでの悪行などとは無縁だった。ガラス突っつきや網戸破りは探究心ゆえの活躍。いくらでも許してやろうと思った。

4　双子の船絵馬

津軽の神社と加賀（石川県）の神社に航海安全と商売繁盛を願って奉納された瓜二つの「北前船」の船絵馬がある。学術的には「正得丸図絵馬」といい、寸法は縦五二・五センチ、横七三・五センチの大きさだ。色合いは鮮やかで、海の群青色はその船絵馬を制作した大坂（大阪）の専門の絵馬師「絵馬藤」の独特の色づかいだという。その船は加賀の玄田家の持ち船で二十三反帆（船の帆の大きさ）、十一人の水主（水夫）が乗り組む弁財船で、石川県の安宅（現小松市）を母港とする北前船の正得丸だ。

玄田家は江戸時代からの商家で、当初は近海を航行する中型の和船で安宅から若狭や能登などの湊を往き来する買積船（品物を仕入れて各湊で売りさばく）として手広く商売していた。その後、商域を大坂から北海道間に拡大するために大型の弁財船を導入した。その船名は玄田家の家訓「利益は正しく得よ」ということにちなんで正得丸と名付けられた。

明治も中期に入ると政府は帆走による和船から、洋式帆船や機関を備えた船への移行を奨励し始めた。ところが船乗りたちは使い勝手のよい和船を捨てきれず、洋船の三角帆（ジブやスパンカー）を和船に取り入れて操船能力を高めたのでこれを「合の子船」と呼んだ。正得丸はその典型的な形の船なのだ。乗組員は「船頭」から「炊」まで十一人。役割は次のようになっている。

「船頭」は今の船長。運航から商品売買までを統括（「直乗船頭」は船主兼船長・「沖船頭」は雇われ船長のこと。正得丸は前者）。「知工」は事務長。船頭に次ぐ地位で船の経理事務と荷さばきの商務及び賃金支払いを担当。「表」は「楫取り」ともよばれる航海士のこと。以上の三者は船の三役に当たる。

「片表」は航海士補佐で今でいう二等航海士。「水主」はもと船乗り全般の意味にも使われたが、ここでは一般の水夫を指す。中でも、楫係の「楫子」や碇係の「碇捌」はベテランの水主が担当した。「炊」は炊事係。はじめての船乗り（十四歳くらいから）はまず炊を命じられ、船頭になるまでは三十年近くもかかったという。

正得丸の船絵馬にはこの水主たちの姿が克明に描かれている。船頭は艫（船尾）に立って、羽織袴に山高帽を振っているのは新しい時代のファッションだ。他の水主たちは玄田家の黄色い法被に赤い鉢巻きで、それぞれの持ち場に立って凛々しい姿だ。

北前船とは江戸から明治にかけて二百数十年間にわたって蝦夷地と大坂（阪）間を日本海・瀬戸内海経由で往来し、日本の物流を支えた船のことだ。「千石船」とも呼ばれる。大きさはまちまちで、乗組員は船の大きさにもよるが、一艘あたり十人前後。一日に二十五里ほどを航行し、安宅から北海道の松前までは順調な航海でおおよそ四日を要したという。しかし、実際には風任せの帆掛け船ゆえ、時化で何日も港から出られなかったり、商いのために途中の各港に逗留したりするなど、所要の日数は一定ではなかった。

船乗りの最大の願いは「生きて帰ること」だった。それゆえに、寺社への信仰心は人一倍だった。船絵馬奉納もその一つ。また沖を航行しながら岬や高峰を拝む「岬信仰」や「高峰信仰」も盛んで、その前沖を通過するときは「礼帆」といって船の帆を少し下ろして敬意を示した。出雲の日御碕などでも、船頭は、「帆を下げろ！　帆を高々と上げていると非礼になるぞ！」と叫んだりした話は司馬遼太郎の『菜の花の沖』にも見える。

また、「流し樽」も広く行われた船乗り信仰だ。「讃岐の金比羅さん」は海上安全の守り神で有名だが、その目の前の瀬戸内海には「塩飽水軍」で有名な塩飽諸島が点在する。この塩飽の人々が北前船などに乗り組んで全国に広めたしきたりだ。

そもそも、この行事は海域を通過する船が金比羅様に奉納するお神酒を一升樽に入れ、「奉納金比羅宮」という幟を立てて海に流したことに始まる。それは必ず金比羅様の浜に流れ着くと信じられ、それを拾った地元の人が金比羅さんに届けるという仕組み（「代参」といって、船人の代わりにお参りしてくれる）になっていた。その風習が瀬戸内から全国に広まり、さらには海から川を遡り、最上川流域の舟運にもこの習俗が伝わっているのはおもしろい。

さて、北前船の積み荷は、塩、砂糖、米、雑貨、瓦、畳表など生活物資全般で、途中の湊に立ち寄っては商売をしながら北へ向かった。特に、当時の蝦夷地では米がほとんど穫れなかったので稲わらを使った筵、菰、叺が高値で売れたという。帰りは北海道から高級な昆布や、綿花・菜種・藍・蜜柑などの肥料にする干鰯（鰯の干し滓）、「鰊〆滓」、鰊のエラと内臓を乾燥させた「笹目」なども重要な魚肥として運び高値で販売した。

一航海あたり、現在の貨幣価値では一億円近くの利益をあげることもあったというが、造船にはその一・五倍ほどもかかったり、商いが不振だったり遭難したりすれば、破産も免れず儲けも神頼みだったといわれる。

安宅の船が鰺ヶ澤へ入ったのは他の北前船よりも遅く、幕末の文化文政のころからのことで、地元の旧家大塚家の客船帳によると、安宅の船は鰺ヶ沢から油滓や大豆などを積み出したという。正得丸が津軽方面まで進出したのはそれよりも遅れたが、その後、北海道の松前、江差、寿都、小樽方面まで商圏を広げていった。

船頭玄田権次郎は津軽弘前藩の海の玄関口として栄えた鰺ヶ澤湊を本州最北の要港と位置づけ、同地に竹谷という定宿を定めて誠実な取引を展開したので、地元の問屋筋からも厚い信用を得ていた。

鰺ヶ澤の白八幡宮へは船絵馬の他に銅製の社額（神社名を示した額）、御影石の大鳥居などを寄進して、航海安全、商道安泰を祈願していた。

一方、正得丸の母港、安宅は梯川河口に位置し、江戸時代から海運で栄えた港町だ。歌舞伎の『勧進帳』の舞台、「安宅の関」でお馴染みの土地でもある。そこには航海の神様で知られる住吉神社があり、玄田家は代々にわたってその神社の氏子として崇敬の念が篤かった。

その住吉神社と白八幡宮の船絵馬は瓜二つなのだ。大坂（大阪）黒金橋の専門の絵馬師「絵馬藤」が作ったもので、絵馬の裏に貼られている「引き札」（宣伝用のチラシ）までもが同じだった。鰺ヶ澤への奉納は明治二十七甲子年四月吉日とある。当時二枚一緒に作らせたもので、同時期に安宅と鰺ヶ澤のそれぞれに奉納したことがわかる。

話はそれから一〇〇年余りの後のことになる。

正得丸の船頭の一族の末裔に玄田多恵子さんという女性経営者がいる。彼女は偶然、正得丸に双子の船絵馬が存在することに気づいたという。

ある日、多恵子さんが玄田家に伝わる和綴の分厚い「仕切帳」（大福帳）を開いたところ、「正得丸絵馬、津軽鰺ヶ澤白八幡宮へ奉納」の文字が目に入ったという。びっくりした玄田さんは、その存在を確かめるためにわざわざ鰺ヶ沢の白八幡宮を訪れた。

平成に入って間もなくの頃のことだ。宮司の私が応対にでると、その方は東京の大田区大森で食品の原材料を全国向けに扱う卸問屋を経営しているという。歯切れの良い会話の持ち主で聡明な方だ。しかも、その方の先祖は加賀国安宅（石川県小松市）で問屋を構えていた玄田家で、当時の持ち船である「正得丸」の船絵馬が安宅の神社に奉納されているので、もしかしたら、取引のあった鰺ヶ沢にもあるはずだということで訪ねてきたとのこと。

早速、その方を拝殿に案内した。そこには江戸時代から明治にかけて方々から入港した北前船の船絵馬が奉納されている。そのうちの一枚、往時そのままほとんど色褪せもせずに掲げられている正得丸の船絵馬と玄田さんの対面はドラマチックだった。

玄田さんはそわそわした様子でさっと絵馬群の全体を見まわす。もどかしそうにそれぞれの絵馬に目を走らせる。

即座に「赤×印」を掲げた船絵馬を指さした。

「ありましたっ！」

「ウチの船！」

と歓声を上げた。

両手を胸元で握りしめて、感激のあまり何度か小躍りした。

船の名前や奉納者の名前よりも真っ先に目に入ったのがその「赤×印」だったのだ。経営者として手腕を発揮していた彼女は、遠い津軽でご先祖に出会ったような面持(おもも)ちで感激もひとしお。

正得丸の絵馬だという確信の決め手は艫(とも)に掲げられた「船名旗(せんめいき)」ではなかったようだ。真っ先に彼女の目を射たのは、白地に朱(あか)でくっきりと染め抜かれた「掛印(かけじるし)」の旗だったのだ。これこそが紛れもなく正得丸の旗だ。売掛金が貯まる（商売が繁盛する）ことを願って用いた玄田家を象徴する旗なのだ。

私は、「ああ、この赤バツ印ですか！」と言って目的達成をともに喜んだ。すると玄田さんは少し済まなそうに声を落として、「商人(あきんど)は『×』を『バツ』とは言わず、『カケジルシ』というんですよ」と教えてくれた。そして、ご本人も子どもの頃は『バツジルシ』と言って親にたしなめられたことがありますと懐かしそうに笑った。

彼女は先祖の偉業を目の当たりにして興奮冷めやらぬ様子。

「これをご縁に今後はご親戚づきあいをお願いします！」

と満面の笑み。その後の手紙などには、

「今でも、会社の商売が思うに任せないような場合は、先祖の北前船にかけた心意気を思い出して気持ちを奮い立たせています」と認めてあった。

余談になるが、青森市に「みちのく北方漁船博物館」というのがあった。そこが主体となって、北前船の復元船として実物大の「みちのく丸」を昔の工法で建造することになった。全長三十二メートル、全幅八・五メートル、帆柱の高さ二十八メートルの千石積みの弁財船だ。

その建造には岩手県大船渡市の「気仙船匠会」の船大工を中心に各地から総勢十六名の船大工が加わり、平成十七年に竣工して進水式を行った。この計画には北前船をはじめ和船や海運の研究者である昆政明先生も参画し、計画の段階から展帆航行（船上に大きな帆を張って帆走すること）、更には広報、解説までの全般にわたって関わってくれた。

陸奥湾での展帆航行は圧巻だった。見上げるような大船が順風満帆で帆走するだけではなく、風上に向かってジグザグに航路をとりながら進む「間切り走り」も披露されるなど完全に魅了させられた。

一定の試験帆走や乗組員の訓練を終えた後、みちのく丸は母港を出て日本海を南下し、当時の北前航路を辿るという事業を展開することになり、その最初の寄港地が鰺ヶ沢港に決まった。湾内に姿を現したその雄姿には度肝を抜かれた。ともかく大きい。帆柱が高い。舳（船首）と艫（船尾）が反り上がっている。お宮の船絵馬そのままだ。

あらかじめ乗船許可がでていたので興味津々で乗り込んだ。海の上の建物の屋上から岸壁を見下ろしているような感覚だ。

帆柱の太さ、帆の広がり、楫柄の長さ、楫の大きさ、胴の間（和船の中央部にある空間）の広さのどれもが予想をはるかに超えたものだった。

昔、この鰺ヶ澤湊にこの規模の北前船が何艘も並んで入っていたというが、このみちのく丸を見てやっと実感できたという思いだ。

船はタグボートに曳航されて出港した。頭の上はメディアのヘリが何機か旋回して喧しい。船は三つの防波堤をかわして外海へ出た。いよいよ展帆航行だ。この馬鹿でかい船が果たして動くのか。動くとしたらどのような風を受け、どのように動き出すのかワクワクだ。

舳へ行ったり艫へ行ったりしてはやる気持ちを抑えるように大きな一枚帆を見上げる。ところが、いつまでたってもテレビで見たときのように帆は膨らまない。というよりも、巨大な帆が帆桁からだらりと下がっているだけ。風がないのだ。待てば吹くだろうと期待をかけるがソヨとも吹かない。完璧な凪だ。時折、肌には感じられないような幽かな風でもあるのか、帆は小刻みに震えるような動きを見せるだけ。じっと時を待つしかない。当然、うねりも無い。却って不気味だ。空を見上げ、水平線を眺め、船の周りの海面を見つめるだけで気持ちは全く落ち着かない。

人間の意志も力も削ぎ落とされたようで、どうすることもできないもどかしさとはこういう状態をいうのか。時折、船縁（ふなべり）を打つ低い水音がペタンペタンと間遠く聞こえる。昨夜からの期待は何だったのだ。胴の間で渡された弁当を食べ始めてふと思い当たった。

これはめったにない体験ではないか。帆掛け船は風がなければ動かないのは当たり前。弁財船などは櫂（かい）で漕げるような代物ではない。全くのお手上げだ。生涯たった一度の帆掛け船への乗船だったが、この動けない体験もまた紛れもない帆掛け船ならではの特筆すべき体験だったのだ。こういうとき昔の水主たちは、風の神様に起きてもらうために、船の上で最も若い炊（かしき）に踊りを踊らせたという。大時化（おおしけ）はもっての外（ほか）だがベタ凪も帆掛け船には手強い難敵だったのだ。そう思えばこれも得難い体験。やろうと思ってもできない体験だ。辺りを見回すと、みな昼飯をほおばって口をモグモグするばかり。

このみちのく丸はその後何日もかけて山陰の方まで航海し、無事日本海側の航海を終えて青森へ帰港。引き続き、東日本大震災の被災地を励まそうと、太平洋側の各港を回って、最終目的地の東京へ向かった。昔は北上する黒潮に押され、房総半島をかわすことができずに難儀した航路を見事に乗り切って東京湾へ入った。

玄田さんには復元船みちのく丸の有明埠頭入港のことを、昆先生には「正得丸図絵馬」の子孫が埠頭へ向かうことを事前に連絡しておいた。玄田さんは大喜びで出かけ、昆先生の説明を聞いて大感激だったとのこと。

正得丸図絵馬をはじめ白八幡宮にあるたくさんの船絵馬群については昆先生から折に触れてご教示を頂いた。その昆先生と船絵馬の子孫、玄田さんが「みちのく丸」を介して東京湾で交歓できた。それは「双子の船絵馬」の後日談として嬉しいことだった。

5　間切り走り

帆掛け船は風上へは進めないと思われがちだ。ところが、帆を斜めにして風を取り込み、風上へ向かって斜め方向に進むマギリという航法がある。このマギリを繰り返すことによってジグザグに針路をとりながら、最終的には風上へ向かって進んで行く。順風満帆（船の真後ろから風を受けて進む状態）での帆走は理想だが、風向き、潮の流れ、波の具合は刻々変わる。時化の危険を避けて湊へ急ぐときなどは時間がかかってもこのマギリ航法を駆使して難を逃れようとした。

藩政時代から明治にかけて、北前船が日本の物流を支える大きな役割を果たした。その北前船の航路は時代にもよるがたいていは大坂（大阪）から蝦夷（北海道）を往復する長丁場だった。瀬戸内の塩飽を経て馬関（下関）から外海に出るとそこは荒れる日本海。山陰各湊、若狭、加賀、能登、越前、越中、越後、佐渡、出羽、津軽の各湊へ出入りして品物の売り買いを繰り返し、蝦夷の松前方面へ向かうのが当時の船主や船頭の才覚だった。帰りは大量に買い付けた昆布や、作物の肥料にする魚の〆滓などを船に満載して西へ向かう。

この航路に当たる各地の湊に鎮座する神社にはたくさんの「船絵馬」が奉納されている。船主や船頭は航海の安全、商売繁盛を祈って主な寄港地の神社に詣でて船絵馬や石灯籠などを奉納した。

その船絵馬からは北前船と海運の変遷の様子をうかがうことができる。代表的な和船（弁財船）から西洋の帆船に至る船の形式は次の三つに大別される。

初期の代表は一本の帆柱に一枚の大きな帆だけを張ったもの（江戸時代は幕府の戦略上の都合で、複数の帆柱を立てた大船を禁止する「帆柱一本の決まり」があった）で、船の大きさが制限され、しかも、時化などの場合には操船が難しかったので難破する船が多かったという欠点がある。

「大船禁止令」が緩んだ幕末ごろからは和洋折衷の帆形を有する「合の子船」が出回り始めた。これは操船能力を高めるために旧来の弁財船（和船）の舳（船首）と艫（船尾）に西洋船のジブやスパンカーにあたる三角帆などを付け加えたものだ。これで逆風をうまく取り込んでマギリの効果を高めたり、針路を安定させて湊への出入りを容易にさせたりするなど安全航行の面でも大いに重宝されることになった。

三つ目は、江戸末期から明治にかけて姿を現すようになった西洋帆船だ。これはたくさんの帆を備えて軽快な帆走が可能で、中には機関で動くものも出現した。

さて、船絵馬の主役、北前船（弁財船）の動力は言うまでもなく風だ。船は船尾から風を受けて進むのが最も効率が良い。まさに「順風満帆」。これを船乗りたちは「真艫」と言って喜んだ。「艫」とは船尾のことだ。この風が吹けば、目指す湊への船足が一段と速まること、必然的に海難の危険性が少なくなること、他の船よりも早く目指す湊に滑り込んで、一足先に商いができることなど、船乗りにとって願ってもない風だ。それ故に「正道なこと」とか「きちんとしていること」という意味の「真面」という言葉と掛けて有り難い風という意味になった。ただ、実際の航海では真艫の風は風の神様のご機嫌次第で、むしろ、大自然の大海原では有り難迷惑な風の方がはるかに多かったようだ。風に合わせて波は刻々と変わる。高波、横波、三角波、船体が隠れるほどの大山をなすウネリなど。特に三角波は厄介だ。沖で二つ以上のウネリがぶつかって不規則な大波を生ずるのがそれで、船の難破の大きな原因となる恐ろしい波だ。

寺社に奉納する船絵馬に描くのは持ち船の雄姿であることが多い。ほとんどは大坂の専門の船絵馬師に書かせたものだ。中には大時化の海で転覆を恐れて帆柱を切り倒し、積み荷を海中に投棄し、あとはなす術もなくひたすら神仏に祈るという構図を描いたものもある。死の淵から生還した水主（船乗り）たちの畏怖がそのような絵馬を書かせたのだ。それでもなお、水船になった船や、帰帆を果たせぬまま海に消えていった船もたくさんあった。

このように死と隣り合わせで海へ出た時代だからこそ、「日和見」（天気を予測する「見立て」）も真剣に行われた。しかし、人の勘に頼るこの日和見も突然の天候異変にはなす術もなかった。時化からいち早く逃れるために逆風をものともせず波濤を躱すために編み出されたのが「間切り走り」だった。

私がかつて勤務した高校にもボート部とヨット部があった。それぞれ立派な艇庫を持ち、小型船舶免許を持った複数の教員が顧問になり、海上に救難艇を配置しながら活動していた。特にヨット部の連中はＦＪ級やシーホッパーなど小型のヨットを果敢に操り、帆を海面ぎりぎりまで傾けて向かい風を取り込みながら風上45度へ向かって進む技を練習していた。右の風上へ向かって一定の距離を稼いだら、こんどは左へ向かってそれを繰り返すというジグザグ帆走だ。これが「間切り走り」にあたる。その常識を超えた帆走を高校生がやってのけるさまは見る者を感動させた。

この生徒の活躍を見て思うことがあった。「間切り走り」すなわちジグザク帆走は人生行路を象徴するものだということだ。順風満帆の人生はあり得ない。ジグザグ人生はありうる。しかもジグザグに至る途中でヨット部の生徒は転覆を避けるために渾身の踏ん張りや素早い方向転換などを要求される。そこには順風満帆とは真逆の過酷さがある。これこそが人生だ。

この「マギリ」の航法は見上げるほどの威容を誇った「千石船」の時代に既に取り入れられていたのは驚きだ。北前船の水主たちはこの技を駆使して甲板のない「丼鉢」と揶揄される危険な構造の和船に荷物を満載し、時化の外洋でマギリを繰り返したのだ。どんなに真剣な「日和見」をし、寺社への「願掛け」をして湊を出ても、天候の急変にはなす術もなく出帆した湊への「出戻り」を余儀なくされる。その無念を紛らわすべく戯れ歌に託したのが次の歌だ。

千石積んだる船でさえ　風が悪けりゃ出て戻る
まして私は嫁じゃもの　縁がなければ出て戻る

人生の悲哀を託ちながら次への船出に期待を寄せる。これもまた人生なのだ。

今でも津軽では五月から六月にかけて昔と変わらぬ「山背」(北東から吹きつける冷たい風)が吹く。お宮の境内から日本海を眺めると東から西へ向かって「兎が跳ねて」(あまり大きくはないが白波がたっていること)いる。

昔の北前船もこの山背に逆らうようにマギリを繰り返して松前を目指したのだろう。しかも、海流は南から北へ向かう対馬暖流だ。これにもうまく乗らねばならない。この二律背反の条件をうまく取り込むために船頭や水主たちは大忙しだったに違いない。

6　伊那谷「上村」のこと

昔、東京オリンピックがあった昭和三十九年に新幹線が開業して脚光を浴びた。ところが同じ東京駅でも真夜中の〇時五分発の大垣行きという下りの鈍行列車があった。電気機関車に牽かれて走る列車で、名古屋の先にある岐阜の大垣が終点だ。芭蕉が『奥の細道』の旅で最終目的地とした所だ。

この列車は寝台でもなければ特急でも急行でもない。ただの鈍行なのに真夜中のダイヤなので夜が明けるまでは特急列車のようにほとんどの駅には停まらずに東海道本線をひた走る。夜中に移動を済ませたい人々には重宝な列車だった。特に学生にとっては学割を使って当時は半額の運賃で乗れるのが魅力だった。

東京駅で夜中の列車に乗り込んだ客は座席につくとすぐに眠りについた。ほとんどが一日中働きづめで疲れ切った様子に見えた。

われわれの目的地は天竜川や伊那谷で知られる長野県の上村だ。そこではきつい民俗調査が控えているが、久々に都会の喧噪から離れ、南アルプスの三〇〇〇メートル級の聖岳、赤石岳、荒川岳などの麓に分け入るというワクワクした気持ちがあった。

列車が浜名湖あたりまで走るとようやく冬の空も白んでくる。愛知県の豊橋駅で下車、飯田線の辰野行きの始発電車に乗り換える。

その当時、このローカル線の車輌の編成には珍しい特徴があった。かつて全国のさまざまな路線で使われていた旧式の車輌が集められ、それぞれが連結されて走っているのだ。湘南電車の緑と橙、くすんだ小豆色、深緑色など、その不統一は見事だった。どの車輌も床は油がよく染み込んだ板張りだった。鉄道の歴史を物語る、産業遺産とでも言えそうな当時の「一等車」の車輌も惜しげもなく使われていた。

時代を経て色褪せてはいるものの、重厚な座席や背もたれ、座席と座席の間隔などにも余裕があって豪華だった。夜行の堅い座席で疲れたわれわれには心地よい普通料金の〝一等車〟だった。どの車輌も戦前からのもので、この路線を走るのが最後のご奉公のようだった。最近の鉄道マニアが見たら垂涎の的の逸品のはず。

年代物のこの電車は滑らかとはいえないような音をたてて豊橋を出発。お稲荷さんで有名な豊川稲荷や、織田、徳川連合軍と武田勝頼の軍が戦った長篠の合戦場に近い新城を通過して愛知、静岡県境を進み、木曽山脈と赤石山脈に挟まれた渓谷に入っていく。

天竜川に沿って蛇行しながら進むこの電車の乗客はいつもまばらだった。山間の小駅、平岡で下車。そこからボンネットバスに揺られて天竜川の支流に沿って悪路を遡り、和田という村に着く。ここで更に上流へ向かう次のバスが出るまでだいぶ待って、終点上村に辿り着くのである。和田から上村と逆方向へ南下すると、その先は青崩峠で道がなくなる。最近は一部道路が開通して、飯田市へ抜けることができるようになった。

南アルプスを仰ぎ見るようなこの沢筋を「遠山郷」といい、そこにある上村は「遠山の霜月祭り」で有名だ。旧暦の霜月にあたる十二月中旬の寒気の中、夜を徹して行われるこの祭りのために大勢の見物人が狭い村に押し寄せる。全国から研究者や学生たちも調査目的に集まる。

この祭りの特徴は「湯立て神事」で、その準備の段階から古来のしきたりを頑なに守っている氏子の気概には圧倒される。まずは竈作りから始まる。お社の中の土間に土をこねて幾つもの竈を作り、火をがんがん焚きながら鉄製の大釜に湯をたぎらせて、素手で熱湯を撥ね散らす勇壮な祭りだ。

翌朝まで延々と続くお囃子、竈の周りに次々に登場しては舞い狂う神々の面、それに合わせて神々に取り憑かれたように見物人も参詣人も忘我の押し合いへし合いを繰り返す。別名、「遠山の押し祭り」ともいわれる所以だ。私にはそのお囃子の旋律が今も鮮やかに蘇る。

圧倒されたこと、それは、祭りを支える人々の気構えと姿勢の確かさだ。伝統やしきたりを自分の中にしっかりと取り込んでいるその自信に満ちた面立ち。自らの役割を弁えた使命感。お互いの率直な会話からは先達の指示を待ったり伺いを立てたりという他律的な動きは微塵も感じられない。全ての段取りが身に染み込んでいるのだろう。自分の判断と責任で動いて惑いを感じさせない。それは各自が祭りを背負ってきたという自負の証だ。

この大切な神祀りの場には個人的な都合や思惑などの魂胆を持ち込む余地はない。眼差し、面構えをみれば一目瞭然。それこそが本当の祭りだ。冬の谷川で禊を終えた人々の眉根の確かさ、それが祭りに携わる気組みとなって凛とした姿勢を保っている。

この祭りを見て、伝統とは単に年月の長さをいうのではないということを実感した。それをどのように受け止め、どのような覚悟や姿勢で受け継いできたかという点にある。時代の流れの中で変更を余儀なくされることもある。それでも祭りを担う者の目がどこを向いているかさえ確かであれば、変更によって道を間違うことはない。そういう経緯を経て繋がるのが質の高い伝統なのだと思った。

われわれがこの村に入ったのは、この祭りの見学もさることながら、実はここをフィールドとして総合的な民俗調査をするためだった。

前述のようにこの村の南には青崩峠があって、そこで道が絶たれているのでどん詰まりの状態だ。獣以外は通り抜けることができないので、長い時代にわたって外の川下からここへ入ってきた文化は外へ出て行くことがなく、重層的にこのムラに蓄積されているということだ。我々の数次にわたる調査もその魅力にひかれてのことだった。

村の唯一の旅籠、「四ツ目屋」を調査の拠点にした。ここは火伏せの神様で知られる秋葉神社へ詣でるための秋葉街道沿いなので「木賃宿」（昔の旅人が燃料代の木賃だけで泊めてもらった安宿のこと）として残っていたのだろう。

だから学生自らが率先して甲斐甲斐しくセルフサービスで動き回った。布団は炬燵を中心に放射状に敷かれ、歌舞伎の役者が着るような綿の入った「掻巻」（袖の付いた綿入れの夜具）をかぶって寝たが、これが意外に心地よかった。

風呂の釜焚きも当番制。湯がぬるいので木をくべるように叫んだが一向に熱くならない。薄暗い釜の前で薪と間違えて牛蒡の束をくべていたなどという失敗も懐かしい。

調査では村に住むたくさんのお年寄りたちのお世話になった。その方々が人を迎える時に見せる自然な振る舞いのみごとさに魅せられることが多かった。それは大袈裟に言えば、代々にわたってその地で培われてきた誠意や節度そのものだった。自然に繰り返されてきた「無意識の善意」だ。

流行りの「おもてなし」などとは全く異次元。彼らが当然のこととして身につけている神仏への向き合い方、異境からの来訪神やご先祖様に対する時の誠意をそのまま地で行っていることが心地よく有り難い。どちらかというと、四国のお遍路さんへの「お接待」に近い味わいか。

調査で得られた民俗学の貴重な資料はともかく、そのような人々と接することができたことの方が、今の自分にとっては最高の研究成果だったように思われる。調査の都合で、谷底に位置する上村から、山の中腹の下栗という所まで同行の仲間と雪を掻き分けて登ったことがある。ゴム長靴を借りての行軍だった。名峰聖岳を仰ぎ見る急な斜面にへばりつくように暮らす老夫婦は突然の訪問にもかかわらず褞袍を着たまま温かく迎えてくれた。

「話者（わしゃ）」（調査などでこちらの質問に答えてくれる人）であるお爺さんと話に夢中になっているうちに、さっき一緒に迎え入れてくれたお婆さんの姿が見えない。できれば一緒に話者になって頂きたかったのだが。

昼近くになってそのお婆さんはニコニコしながら、割烹着姿でできたての蕎麦（そば）を持って現れた。突然の客のために大急ぎで蕎麦打ちをしていたのだ。水道もガスもない山中。水は山から、火は薪でという。相当な手間がかかったはず。その上に、何もないからといってパセリの天麩羅を添えてくれた。

決して豪華な出汁（だし）ではなかったが、パセリをのせた熱々の蕎麦は最高のご馳走だった。信州の蕎麦だから旨かったのではない。

上村には今も忘れがたい話者が何人かいる。当時九十歳近かったO婆さんやU爺さんたち。「この『シマ』（特定の生活範囲を示す古語）じゃあ、あんまりそんなことは聞かねぇらが」とか、「あの峠（青崩峠のこと）は天狗の通り道ゆうて、夜にゃグァヤグァヤ騒いで通っていくらぁ」と指さした姿は今も鮮明。その後どうなされたことか。

話に花が咲いて、調査項目からどんどん離れていくことを気にしながらも、その豊かな語りに引き込まれての時間オーバーはしょっちゅうだった。日が暮れてしまい、借りた提灯（ちょうちん）の明かりを頼りに山道を下ったことも懐かしい。調査したことの資料的な価値は確かに大きかった。予想していた事例に直面した感激も大きかった。

もっと大きな収穫は、土地の伝統を誠実に守って暮らす人々との出会いだった。戦後の大きな変化やうねりの中で、自らの信条を大切にしながら、先祖が代々持ち伝えた知恵や工夫や気立てを今に生かしながら生きている姿には感動を禁じえなかった。取り繕うことなく、ありのままの姿で人と交わっても何の不都合もない。これこそが「誠意」というものが可視化された姿なのだ。

最近、かつての仲間たちと都内から車で上村へ向かった。高速の中央道利用で苦もなく行き着いたことにびっくり。隔世の感があった。上村の細い道に沿って歩きながら、U爺さんと当時の家族全員の名前が記された表札が掛かったままの家を見つけた。しもた屋風のその家は空き家になっていた。四ツ目屋さんもそのままだが、戸が閉まっていて人の気配は無し。「霜月祭り」の八幡社は多くの人を迎え入れるようになって、より存在感を増したような雰囲気だった。村のどこに居ても耳から離れない谷川の音は昔と変わらない。今度は霜月祭りの頃にもう一度訪れてみるつもりだ。

7　「神楽」の日

一、「神楽」危うし

谷間の村に着いてわずかばかりの空き地を見つけて車を駐めた。そこからお社のある山の中腹まで続く苔むした急な石段を息を整えながらゆっくり登る。両側の草が綺麗に刈り払われていて、年に一度の例祭を迎えるために心を込めて準備に励んだ氏子の人たちの心意気が伝わる。参道の登り口に立てられた神社の幟が清々しい。それを遥かに見下ろすほどの高台まで登りつめると、そこには古い小さなお社がある。そこは村一番の清らかな場所だ。天を衝く古木が太い枝を幾重にも伸ばして空を遮り、その森閑とした空気は心の鎮まりを促すのに十分だ。まさに鎮守の森の趣だ。

そこは世界自然遺産で知られる白神山地の入り口にあたる村だ。その村までは車のすれ違いが窮屈なほどの山道が続くので、祭りの時間に遅れないように余裕を持って出掛けた。途中でその神社を本務（担当）としている宮司さんと合流して一緒に徒歩でお社まで登ったのだが、予定よりだいぶ早く着いてしまった。

前年までは数名の神職によって行われてきたこの村の祭りも、過疎化が進んで氏子数が十七世帯にまで激減してしまったので、「神楽」奉納の経費もままならず、今年からは宮司が一人で祭典を行うことに決まったという。僅かになってしまった氏子が何人もの神職たちに差し出す謝礼が捻出できないのがその理由だった。

年に一度の例祭なのに、これまで慣れ親しんだ神楽のお囃子が聞けないのは寂しいだろうという思いと、今この神社からお神楽を絶やしたら復活はまず無理だろうという危惧。そして何よりも、地域の祭りに関する窮状には地域の神職組織が率先して問題解決に当たるのが筋だろうという思いに駆られたので、私の方からその神社を受け持っている宮司さんに助勤（祭典にあたって、宮司を助けて神事を行う役割）を申し出てみた。宮司一人では神楽の舞はできないが、二人なら工夫すれば、大分変則的ながら最低限のお囃子と舞が可能だと思ったからだ。

我々がお社に辿り着いたとき、神前にはすでに供物も整えられて、祭典の準備は万端だった。あとは神主の到着を待つだけといった面持ちで、お年寄りを中心に狭い拝殿の下座に陣取って談笑していた。そこへ神主が急に現れたのでびっくりしたのだろう。何人かが口々に自分たちの失態を詫びた。彼らがいう「失態」とは、神主を迎える準備を怠ったということらしい。神主が神社の麓に到着する頃を見計らって山を下りて迎えに出ること。神主が持ってきた祭りの道具や、その他の荷物を肩代わりして神社まで運び上げることという算段だったのに、その務めを果たさぬ前に神主が到着してしまったので大慌てだったのだ。

彼らにすれば、祭礼当日の不文律の一つに背くことになったことを気に病んでいるようだった。取り決めはきちんと守ろうとする素朴で誠実な人たちだ。神職としてそのような氏子の気持ちに応えるためにも村の「神楽」は絶やすわけにはゆかないと思った。

二、「社家」と津軽神楽

津軽では神社の例祭のことを「神楽」と呼び倣わす。「今日はどこそこの神楽だ」などという。一連の畏まった神事とは別に、その後に奉納されるお神楽の演目やお囃子の方が印象に残っているのかもしれない。その津軽神楽には囃子を奏でる楽人も舞手も神職が務めるという仕来りがある。この点が他の地方の神楽とは違った特徴だ。全国的に神楽は「神楽師」が担い、神職とは別の集団である場合が多い。

津軽神楽は「社家」という神職の家に生まれた神主だけに伝承された神楽なので、一般の人が舞うことはない。したがって、五、六人の神職が揃わなければお神楽の奉納ができないという仕組みになっている。

地域の過疎化が叫ばれて久しい。津軽の各地域でも軒並み急激な過疎化の波に翻弄され、氏子の戸数が激減の一途である。そのような苦境にありながらも祭りだけは絶やすまいという氏子の苦肉の策が「一人祭典」（宮司一人だけで例祭の神事を行い、多人数による神楽は省かざるを得ないという形）の提案だった。

舞手はもちろん、笛の音も手平鉦（手拍子）の響きもない神楽を省いた神事への切り換えは、伝統的な祭礼の変更を意味し、何よりも、これまで培ってきた人々の祈りのあり方に変更が生ずることが懸念された。

一人祭典の提案は、止むにやまれぬ氏子からの申し出であり、そこには悲痛な思いが込められている。この状況は氏子だけの問題ではなく、本来は関係する神職集団も打開に取り組むべき問題なのだ。

今回、私が助勤を思い立ったのは、「一人祭典」を余儀なくされた山間部での祭礼にわずかでもお役に立てればとの思いからだった。その神社を本務とする宮司さんと相談を重ねながら、たった二人の神主による「神楽」の可能性を模索し、規模は小さいながらも何とか実現に漕ぎ着けることができた。参列した氏子の人々は諦めていた神楽が演じられたことで、その喜びようは大変なものだった。

その神社では、宮司の祝詞奏上の他に神社の総代による「祈願詞」の奏上も行われていた。厳しい自然に囲まれながら生業に携わる人々にとって、神事の中に位置づけられたこの祈願詞奏上は、個人による玉串奉奠とは別の意味で、氏子に共通する祈りの気持ちを際立たせるという厳粛な響きを持っていた。それを指導して定着させてきたのはその神社を代々にわたって受け持ってきた宮司さんの気概だった。

三、和(なご)やかな「直会(なおらい)」

この日の祭礼は鮎で有名な赤石川の支流を遡(さかのぼ)った所の「深谷(ふかや)」という村だった。文字どおり深い谷間の村で、今も十七世帯が暮らしている。宮司さんによればほとんどが滝吉(たきよし)という名字(みょうじ)だということで、それぞれの家のつながりが深いことがわかる。祭礼の締めくくりは「直会」だ。参列した人たちが神前に供えたお神酒(みき)や神饌(しんせん)（供物）をいただくことで神様の力を戴くという意味があり、厳密にいえばこれが終わらないうちは祭りが終わったことにはならない。

直会の場には近頃の流行(はや)りなのか、仕出し屋の料理も出されていた。しかし、この村の直会の特徴はそれぞれの家から持ち寄って神前に供えた季節の品々だ。土地の恵みの豊かさをあらためて感じる。

深緑(ふかみどり)の笹に小豆色の餅を挟んだ笹餅(ささもち)、夏の山菜を代表する太いミズ（ウワバミ草）の一本漬け、餅米で炊きあげた栗ご飯、絶妙な漬かり具合の様々な漬け物などなど。味付けはそれぞれの家によって微妙に違うので食べ比べも楽しい。村の人たちは「これも食べて」、「これも、これも」とすすめてくれる。素朴で人情味に溢れた姿こそが最高のご馳走だ。

そこには年齢や性別を超えた交歓の場が自然に形作られていながらも、本来的な意味での「長幼(ちょうよう)の序(じょ)」がみごとに保たれている。お互いを思いやっている光景を見るのは気持ちがいい。

この雰囲気こそが神社や祭りを中心に据えて培ってきたこの村の貴重な財産なのだろう。

お年寄りたちが供物の野菜をぜひ持って帰ってくれというので有り難く頂いた。昔はお金では賄いきれない神職へのお礼の意味もあったので、そのしきたりの名残なのだろう。丹精を込めた作物や山の恵みを神に供えるという行為、そこには自然の中で生き続けてきた強い祈りの心が感じられ、あらためてこの地域から「神楽」をなくす訳にはいかないという思いを強くした。

四、祭りの「原風景」

この村の祭礼の風景、それは規模の程度こそ違え、かつてはどこでも行われていたはずの祭りの原風景だった。そこには祭りを支える気持ちに「雑味」（世渡りのための個人的な思惑）が入り込んでいない清々しさがあった。それはその村の人たちが大切にしてきた「真っ当」な生き方が今もきちんと残っていることを意味する。大人になってなお誠実な生き方が体現できているのは規範意識がしっかり息づいているということだ。神を祀るときの心のありよう、自らを公正に見つめる気風など、最近はあまり顧みられなくなりつつある真っ当な心情に触れることができたのは有り難かった。

山中のお社から下りて、橋の上から川底に目を凝らすと、流れに逆らうように動く一尺ほどの魚が見える。村の人に尋ねると「岩魚（いわな）」と言って、驚くふうでもない。以前はこの細い谷川でヤツメウナギを捕ったり、大きなモクズ蟹（がに）を何匹も捕（つか）まえて、すり鉢（ばち）ですりつぶして蟹汁（がにじる）をつくったりしたという。

ある爺さんは「今年は山の胡桃（くるみ）は例年の三分の一、ブナの実も付きが良ぐねぃ、熊、下りてくるべなぁ」と心配そうだった。帰途、車を走らせると、目の前に雉（きじ）の幼鳥が姿を現し、道路の真ん中を行きつ戻りつする。しばらくの間ブレーキを踏んだまま道を空けてくれるのを待った。

8　新婦翻心（しんぷほんしん）

結婚式のことで、今も心に残ることがある。

私は社家（しゃけ）（代々神職を続けてきた家）に生まれた者として神職の資格をとるのは当然だと考えていたので、大学入学後、夏休みのすべての期間をあてて神職の初歩的な資格を取った。それがきっかけで当時は神前結婚式に奉仕する神職の一人としてアルバイトをすることができた。都内の神社へ登録することで、斎主（さいしゅ）役の神職、巫女（みこ）三名、それに典儀（てんぎ）の私が加わってホテルの神前結婚式へ派遣されるのだ。

その日は日曜日の大安吉日だった。国会にも近い都内の閑静な老舗ホテルの神殿は結婚式のスケジュールでびっしりと埋まっていた。私の仕事は神職として神前結婚式の中で司会進行を務める「典儀（てんぎ）」という役割だ。慶事であること、神事であることから、言葉遣い、起居動作（ききょどうさ）、自らの容儀などにも細心の注意を払わねばならず、経験不足の自分には冷や汗の連続だった。挙式に先立って両家の控えの間へ出向いて神事の手順や作法の説明などをするのも私の役目だった。

その日も、開始までの時間を見計らって先ず新郎側の控室へ出向いた。お祝いの口上を述べ、続いて説明に入った。誓詞奉読（せいしほうどく）や玉串奉奠（たまぐしほうてん）、結婚指輪の交換などはそのつどこちらで案内するので落ち着いた気持ちで参列してくれるように伝えた。和やかな中にも家族親族はきりっと引き締まった面持ちで、ご媒酌人として某大臣夫妻がどっしりと控えていた。

続いて新婦側へも出向いた。人生最大の晴れの日を迎え、華やかな雰囲気に包まれていた。同様の説明をし終えて神殿に戻り、斎主も私も巫女たちも新郎新婦と親族の入場の時刻を待った。入場に合わせて雅楽を奏することになっており、笙、篳篥、横笛を担当する楽人も所定の座について気持ちを整え私の合図を待っている。

神職は神事を行う際は腕時計を外すのが作法だ。柏手を打つときに時計が見えるなどはもっての外。ただ、分刻みで動く結婚式なので、私は袂にそっとしのばせて進行状態を確認する必要があった。

いよいよ入場の時刻だ。われわれは姿勢と目線を正して待つ。

ところが入場予定の時間になっても神殿の扉の外には人の気配がない。何かの都合で移動に遅れが出たのかと思った。待つ間の二、三分が十分にも二十分にも感ぜられる。仲人は某大臣夫妻なので、そちらの都合なのかとも思った。

突然、ホテルの担当者が少し困惑ぎみな顔で現れ、神事を執り行う斎主をはじめ我々に向かって、「ご両家のお式は事情によりお時間の変更になりましたので、恐れ入りますが、お式の順番を入れ替えますので次の組の開始時刻までしばらくの間待機していただきます」とのこと。

その担当者は、神殿の入り口に控えていた私に「新婦が突然帰ってしまわれました」と耳打ちして小走りに立ち去った。

即座には何のことか意味がとれなかった。想定外のことが起こると一瞬訳が分からなくなることがある。やっと花嫁失踪と分かって唖然とした。

理由は何だったか知る由(よし)もない。この期(ご)に及んでのその決断と行動の凄さに雷にでも打たれたような衝撃を受けた。「事実は小説よりも奇なり」というが、そんな決まり文句を弄(もてあそ)ぶ気持ちにはとてもなれず、その女性の心中もわからないまま、なぜか「頑張って気持ちを貫いてほしい！」と思っている自分に気づいた。

今、あらためて思い起こせば、その時、その新婦にとっては一生一世(いっしょういっせ)の決断だったのだ。というよりも、そのぎりぎりのところまで決断できずに苦しみぬいていたということだ。だから我々も不思議に野次馬のように原因を知りたいという気持ちにはなれず、むしろ、その決断を応援したいような気持ちに駆られたのだ。これによって次々に起こるはずの、さまざまな不都合や軋轢(あつれき)に耐え抜いて新たな自分を取り戻して欲しいと願った。

第三者は、「なぜこうなる前に」と言うだろう。しかし、それは当事者でないから言えることかもしれない。このことで、人生には決断にあたってさまざまな段階でさまざまな分別が加わることがあるということを学んだ。

この新婦にとって、最後の土壇場まで決断できなかったのはそれだけ真剣だったということか。彼女の心の中には強力な「二人の自分」が居すわって互いにせめぎ合っていたということか。

もし、その女性が「世間の常識」に従い、「世間体」を重視すればその場は丸く収まったのだろう。ところが彼女は結果的にはその時点でもなお自分の「人生観」と「結婚観」に忠実に生きようとしていたのだろう。踏ん切りをつけられないまま、波瀾万丈を覚悟のうえで破談に踏み切ったということだ。「世間体」などはこの決断のもとでは些事にすぎない。

今、この項を書くにあたってタイトルに腐心した。「花嫁出奔」「新婦逐電」などが浮かぶがどれもしっくりこない。考えあぐねた末に思いついたのが「新婦翻心」だった。一人の人間が結婚というものを真面目に考えれば考えるほど、心の中で背中合わせになっている二つの考えが反対方向へ歩き始めていたのだ。

その日、その時は新婦の中の二人の自分が勝敗を決する最後の場面だったのだ。結果的には一人の自分がもう一人の自分を打ち負かして破談を選択したのだ。

その直前、私は新婦の心中を知るはずもなく、控室で丁寧に説明をしていた。新婦は玉串の供え方を確かめ、少しぎこちないが、くるりと回して根元を神前に向けて供える作法の練習をした。その時は何事もないかのような落ち着いた所作だった。

しかし、その時、新婦は心の中で決断に向かって激しい動顛を繰り返していたのだろう。翻心を行動に移したのはその直後のことだったようだ。

今、その時のことを思い出すと、当時とは違った感慨を抱く。そして、新婦の決断の凄さがあらためて迫り来る。

人生で選択を迫られる場面はたくさんある。中でも二者択一は特に厳しさが伴うことがある。そのとき自分は何を基準にするか。「道義」「信義」「損得」「世間体」「義理」その他諸々とどう折り合いをつけるか。世俗的な柵（しがらみ）に絡めとられるか自分の精神性を重視するか、双方の調和を考えるか、その人の価値観が方向を決めることになる。

その後、神主としてたくさんの結婚式に関わったが、そのほとんどは祝賀ムードいっぱいだった。だからといって「二人の自分」が「一人の自分」になりきっているとは言い切れないのかもしれない。目に見える一つのあり方で全てを断ずることはできるはずもなく、それでいいのだとも思った。

今の結婚はこうだ、昔はこうだったなどと単純に比較してそれぞれを評価することはできる。しかし結婚という大きな人生儀礼（じんせいぎれい）に至る過程での「自分の中に存在する二人の自分」によるせめぎ合いは洋の東西、過去、現在を問わず誰にでもあったはず。それは心の中の通過儀礼（つうかぎれい）でもあったのだ。

何事も「理想」は形で決まるのではなく、心の在りようで決まる。理想を「幸せ」に置き換えてもいい。これは衣食住、仕事、趣味など生き方すべてにわたって言えることだ。

この新婦はとてもまじめな人だったのだろう。願わくは更に「もう一人の自分」を加え、

「三人の自分」で考えてみたら違った形になったはずだ。「三人目」は自分以外の「第三者」でもよかった。一人の新婦の決断ではあったが、生き方について、さまざまなことを考えさせられた出来事だった。

9　お詣り寸描

お宮にお詣りする人達にはそれぞれ心に秘めた願い事がある。中には辛い問題を抱えているのか、神前に深々と頭を垂れて必死に祈りを捧げる人もいる。毎日の平穏を感謝している人、観光のついでに石段を上ってきてパンパンと軽やかに柏手(かしわで)を打つ人。歴史的な関心事で来る人、散歩のコースとして、石段の昇降をトレーニングに取り入れている人、山からの天然水を汲みに来る人などさまざまだ。

そんな中にあって、Tさんは非常に物静かで控えめなご婦人だ。拝殿の前で額(ぬか)ずく姿は境内の静謐(せいひつ)な雰囲気にみごとにとけ込んでいる。月初めの一日、月次祭(つきなみさい)の十五日は欠かさず、その他折々の日にもゆっくりお詣りをする。

境内の桜が満開の見ごろを迎えたある日、参拝を終えたそのTさんは静かに境内の桜を見上げながら、この神社の意外なビュー・スポットを話してくれた。それは港を囲む防波堤で、そこから見上げる八幡様の満開の辛夷(こぶし)と、それに続いて咲き始める桜が最高だという。港は日本海に突き出た長い防波堤で二重に囲まれているので、そこで海を背にして山の中腹に鎮座するお社を眺望するのも格別なのかもしれない。沖から帰る船はちょうど神社の懐(ふところ)に入るように航路をとる。「帰帆(きはん)の船人(ふなびと)」にとって、真っ白に盛り上がる辛夷の巨木は春の一時(いっとき)に限り澪標(みおつくし)

（通行する船に、通りやすい深い水脈を知らせるために立てる杭や水路標識）のような存在に映るのかもしれない。

さて、このご婦人はもう一つ、ご自身のお花見について語ってくれた。子どもたちがまだ小さい頃に三年ばかり続けてこのお宮でお花見をしたというのだ。弘前の桜は日本一だから、その素晴らしさはさすがだが、Ｔさんはもっと静かで素朴なのが好きなので、子どもたちと一緒に境内でお弁当をひろげて楽しんだということを懐かしそうに語った。

そう言えば、お花見の季節になると「私のお薦めスポット」などといって、各地のあまり知られていない桜が紹介されることがある。桜にはそれを眺めるそれぞれの人にとって特別な意味があり、そのどれもが肯ける内容だ。「山高きがゆえに貴からず」の喩えもある。その人にとって心和む桜、心ひかれる桜、それを愛でる季節を再び元気で迎えられたことが嬉しい場合もある。人それぞれが自分のお花見を持っていることは本当の贅沢ではないか。

もう一つ、Ｋ婆さんのお詣り。

根雪が消えた頃から、早朝に神社への石段の登り口で静かに手を合わせるお婆さんをみかけるようになった。お互いに朝の挨拶はするが、何だか辛そうな雰囲気で、伸縮自在の杖をついている。祈ることがたくさんあるような様子で佇んでいる。それを妨げないようにちょっと気を遣っていた。

何日か続いたある日、そのＫ婆さんが口を開いた。「この石段を上っていったらお賽銭入れるところありますか？」とのこと。ちょっと意外な質問にびっくりしたが、「拝殿の扉に丸い穴が開いていて、そこから賽銭を入れることができますよ」と伝えた。「足が悪くてお宮まではムリなので、ここで拝んでました」という。「『七箇所掛け（しちかしょか）』（津軽では七カ所詣りともいい、決まった神社などを巡って参拝すること）の方達の中でも、上まで行けないお年寄りなどはここでお詣りする人もありますよ」と慰めた。

それから何日か後の早朝、境内を掃除しながらふと石段の方に目をやると、そこにお婆さんがいる。一〇〇段近い石段をゆっくり、ゆっくり上ってきたのだ。上までたどり着いた喜びで心がいっぱいになっているようだ。

手水をつかって一息入れ、境内の私への一声、「来ました！」「ここまで来ました！」「上れました！」と矢継ぎ早の挨拶。登り切った喜びが全身から弾けるように明るく多弁だ。拝殿で参拝を終えたお婆さんは境内をゆっくり回りながらの述懐が始まった。私も箒を持ったままお付き合いをした。

若い時にお詣りに来てから何十年も経ってしまったこと、昔よく実を拾った大銀杏（おおいちょう）がそのままであること、本殿を囲む瑞垣（みずがき）が綺麗に並んでいること、山側には岩木山が良く見え、海の彼方には松前がかすかに見えることなど、喜びを抑えきれないようだ。その喜びは神社やそこからの景色が「昔のまま」ということ、そして、自分も「昔のまま」に戻りつつあるという喜びなのだ。喜びは表情にすぐ表れる。それを見ている方にも喜びのおすそ分けが届くようで嬉しい。

帰り際、もう一度神様にご挨拶して石段に向かうお婆さんへ向かって言わずもがなのことを口にして見送った。下りるときの方がきついこと、途中で疲れたら石段に腰を下ろして休むこと、必ず手摺につかまって油断しないこと、何かあったら大声で私を呼ぶことなど。

K婆さんはそれ以来、天気がよければ拝殿まで上って来るようになり、参拝の前後に話しかけてくれるようになった。これまでの胸の塞(ふさ)ぎが和らいだのだろう。膝の病気で手術したこと、人工骨を埋め込んだこと、長く入院していたこと、退院後は自宅に籠もりきりだったこと、ゆっくりだが歩けるようになったこと、家から外へ出ることができたこと、歩く距離が少しずつ増えたこと、お宮まで来ることができるようになったこと、拝殿まで上れたことなど、など。

少しずつ希望が叶いつつある喜びを「ありがたい」「ありがたい」と繰り返す。そこには、宗教こそ違え、それぞれの国の人々が、それぞれの時代を越えて神に祈り、神に語りかけた信仰の原形のようなものをあらためて感じた。

最近の検査では医師に褒(ほ)められたと満面の笑(え)み。ちょうどその日の朝はヤマセ（東風）が吹いて気温がグッと下がっていたのだが、件(くだん)のお婆さんが上ってきて、「今朝はヤマへ（ヤマセ）吹いで、寒(さぶ)くて寒(さぶ)くて、宮司さんも掃除無理すればまいね（だめだ）」と励まされた。病院で貼り付けてくれたのだろうか。杖にはそのお婆さんの名前がフルネームで貼ってある。まだその杖は離せないが、このお婆さんは長い病気から復活したのだ。長く続いた苦悶(くもん)から吹っ切れたのだ。季節がら自然の精気が漲るのに誘われるように回復しているのだ。

ふと、中村草田男の句が浮かんだ。自分の赤ん坊に歯が生え始めた感動を万緑の精気に促されたかのように感じて詠んだ俳句だ。

万緑の中や吾子の歯生え初むる　　中村草田男

参拝するどのお方も決して目立つことはない。神前に額ずいて祈る姿からは、畏れを知り、自らを謙虚に見つめなおそうという雰囲気が伝わる。「祈り」の前提は自らを冷静に見つめるということだ。一方的な神頼みではなく、自分の決意が神様に向かって語られるところに祈りの美しさがある。

この方々との僅かな会話は、冬の石段の雪掻きや春から初冬までの掃除の際の一服の清涼剤だ。それが掃除を続ける起爆剤にもなっている。いや、もしかしたら、神主であることの原点がここにあるのかもしれない。

10　烏と宮司

一、烏の空中戦

烏はいつもお宮を舞台に大騒動を演ずる。ある時は黒子でも演じているかのように音もたてずにずる賢く立ち回る。ある時は傍若無人な振る舞いで、烏に翻弄される話はなかなか尽きることはない。

小鯛、縞鯛、皮剝、金頭、鰈、鯎、たまには高級魚の赤鯥など、その魚のとれる季節には生のまま尾頭付きで境内に落ちていることがある。海を見下ろすお社なればこそだ。季節の魚を空から落とすのはもっぱら烏の仕業だ。空中での激しい餌の争奪バトルがあった名残だ。彼らには理性や世間体は一切ないようだ。あるのは本能だけ。

餌をくわえた烏が飛んでくると、すかさず横取りに飛び立つ。どれも黒一色だから個体の識別は困難だ。だから意地汚い烏はどれなのか見当もつかない。追いかけている方がズルスケなのだろう。勝つか負けるかの見境のない激しい空中戦が繰り広げられる。口に餌をくわえている方が分が悪いようで、つい開けた口から獲物を境内に落として見失うことしばしば。落としたらすぐ拾えばよさそうなものだが、ここは神社の境内。まさか烏による「初穂の御真魚」

（大漁を感謝して神前に供えた魚）でもあるまい。

中には、綺麗に捌いて干してある旨そうな一夜干しも含まれる。港の方から手当たり次第に失敬してくるのだろう。不思議なことに身近な魚なのに争奪戦に全く登場しないのは小型の草河豚、蛸、鰧などだ。賢い烏のことだから河豚の毒はとっくに織り込み済みなのか。そして、蛸は得体の知れない不思議な姿ゆえに、また、鰧はその形相と棘に気圧されて手を出せないのか。

魚の他にはお菓子の箱や包み紙、丸められた針金、梱包用の紐の類など手当たり次第。早朝にお詣りを済ませ、境内の掃除に取りかかるのだが、静かなはずの境内にも日替わりで生き物の営みの痕跡がたくさん発見され、掃除に気合が入ることになる。

二、手水舎の争奪戦

参拝者が手水を使う手水舎の水はわが家の山から湧き水を引いたものだ。夏にはたまに水涸れの心配もあるが、通常はなんとか〝掛け流し〟の水量が確保されている。春先の水量は豊富で、清らかなおいしい水が勢い盛んに噴き出すのだが、一週間に一回くらいは手水舎の束子がけが欠かせない。小鳥が水飲み場にしていたり、枯れ葉が舞い込んだりすることもあるが、ほとんどは烏の悪行の後始末のためだ。寒い冬の束子がけはちょっと気合が要る。

十年ほど前からカラスが港の荷捌き(にさばき)場のあたりから魚をくわえて飛んできて、この手水舎の縁(ふち)を足場にして食い始めるようになった。今までは手水舎を穢(けが)すなどという狼藉(ろうぜき)を働く鳥はいなかったのだが、小賢しい鳥の先駆者でも現れたのか。さっそく対策を講じることにしたが、清浄を保つべき場所だけに、鳥を追い払うという目的を優先するあまり、品性を欠くわけにもいかない。

『徒然草』第一〇段に、『家居(いへゐ)のつきづきしく、あらまほしきこそ、仮の宿(やどり)とは思へど、興(きやう)あるものなれ。』という章段(しょうだん)がある。高校の古典の教材にもなっているので、お馴染(なじ)みの部分だ。登場する「後徳大寺大臣(ごとくだいじのおとど)」が寝殿の屋根の鳶(とび)を追い払ったことが西行法師の誤解を生んだように、鳥への対応を間違えば宮司の私も参拝者に誤解されて顰蹙(ひんしゅく)を買うはめになりそうだが、まずは手水舎への敵の侵入を阻止しようと立ち上がった。

さて、問題の手水舎の水は前述のとおり山からの新鮮な天然水だ。鳥が止まる足場は広くて安全。しかも立派な屋根がかかっている。鳥にとって、そこは絶好の「高級コンドミニアム」なのだ。食材は自分で調達すればいいだけ。そこを静かな餌場として遠慮がちに使うならまだしも、必ずと言っていいほど大騒動が勃発する。

餌のない鳥が攻撃をしかけて、そこを舞台に餌の奪い合いだ。その結果、餌の魚を手水舎の中に落としてそのまま為(な)す術(すべ)もなく恨(うら)めしそうに啼き騒ぐことも。鳥は嘴細(はしぼそ)にしろ嘴太(はしぶと)にしろ、河烏(かわがらす)のように潜水技術は身につけていない。だから、その攻防の後始末は宮司の私の仕事に加わり、しかも急を要することになる。

水の中からせっかくの食材を拾い上げることができない鳥の心中を察すると少し不憫ではあるが、参拝者が身を清めるための手水舎が鳥に穢されるなどはもってのほかだ。

三、凧糸作戦

鳥の不届きにお灸を据えようと、「凧糸作戦」を考えた。その仕掛けは二本の長い篠竹を準備し、手水舎の前面の上下にそれぞれ横に固定し、その竹の間に何本ものタコ糸を垂らすという細工だ。これで手水舎の前面を凧糸で覆うことができる。さすがの鳥も糸が羽にぶつかって嫌がるはず。手水を使う人は「糸の柵」の間から手を伸ばせば楽に柄杓に手が届くという寸法だ。

敵も面食らったのか、当分の間はこれで侵入を防いだが、早晩これはヤメにした。どう考えてもこれでは不細工すぎる。美的感覚がゼロ。しかも場所柄を考えると、後徳大寺大臣の二の舞いになりかねない。宮司としてこれは非常に切羽詰まっている問題なのだが、目的達成とはいえ良識を欠く訳にもゆかず、潔く断念に及んだ。

とたんに、鳥は再び我が意を得たりとばかりの振る舞い。宮司の私と家内には新たに鳥の「執事」のような務めが加わった。朝夕、水中に落とした魚をタモで掬い、束子がけで清浄を保つのだ。鳥は頻繁に「食料持参」でやってくる。やっと執事の務めを果たして境内の掃除を再開すると敵は待っていたかのように飛来する。鳥と宮司の根比べはどう見てもこちらに分が(ぶ)ないようだ。

手水を使う人に不快な思いをさせる訳にはゆかないので次の手を考えた。「防鳥糸(ぼうちょうし)」の利用だ。都会のマンションなどでベランダに飛来する鳩などの鳥害を防ぐために考案されたものだ。透明で目立たないナイロンの糸を等間隔に張ることにした。これだと手水を使う人が柄(ひ)杓(しゃく)を手にとるのも容易だし、見た目も仰々(ぎょうぎょう)しくはない。と自らに何度も言い聞かせてはみるが、やはり後徳大寺大臣の現代版になりそうな不安は消えない。

四、戦意喪失

二回目の戦術も何日間かはそれなりの効果はあった。しかし、結果的には全ての「戦略」からの撤退(てったい)を決め、束子がけの基本に戻った。

そもそも、鳥に食事のマナーや後片付けの徹底を期待するのはナンセンス。かといって、一方的に排除するのもこちらの身勝手。双方は同じ基準で行動している訳ではないのだから。

鳥にしてみれば、スーパー（港という食料基地）が近く、食料確保に便利で居心地のいい「オーシャンビュー」の「コンドミニアム」（手水舎）の利用を邪魔される筋合いはないのだ。

一方の宮司にしてみれば、自分の鳥追い行動のレベルの如何について神様はとっくにお見通しかと思うと内心は忸怩たる思い。既に心理戦では敗北だ。よって、結果的には全ての「対策」からの撤退やむなしとなった。この期に及んでは、古来の「鳥追い神事」でも執り行って神様のご加護を願うほかなし。

今日も烏たちは意気揚々と、何事もなかったような振る舞いに及んでいる。

※「後徳大寺大臣」＝藤原実定。平安末期から鎌倉初期にかけて活躍した公卿・歌人。西行はその昔、この左大臣に仕えていたことがあったので出家後しばらくして訪問したときの出来事を取り上げた話である。実定は勅撰集の『千載和歌集』や『新古今和歌集』などにも多くの歌がある。千載集・夏一六一の『ほととぎす鳴きつる方をながむればただ有明の月ぞ残れる』などが有名。

※「鳥追い神事」＝田畑に害をなす鳥獣をささらや棒で追い払う子どもの小正月行事。

第二章

1 『リエンチ』序曲

前の組の演奏が終わった。大きな拍手が渦巻いている。次のわが校の出番を促しているようにも聞こえて少し気持ちがこわばる。会場は桜で有名な弘前公園の中にある市民会館大ホール。そこで行われた吹奏楽全国大会の県予選会だ。

先ずは幕間を縫って大型楽器の搬入だ。満を持していた私とF君（吹奏楽部OBの大学生）は行動を開始。生徒たちもテキパキと動く。すぐに舞台が整い、生徒たちはパートごとの席についた。まだ辺りをみる余裕があるのか、前列の生徒が、指揮者の大学生に向かって「先輩、ネクタイ緩んでます」と指摘してくれた。そんなことでも全員の緊張感を和らげるのには十分な効果があるようだ。

この先輩と呼ばれたのは顧問のK先生の秘蔵っ子で、吹奏楽部OBの音大生M君だ。K先生は自分が仕上げた生徒たちの指揮を彼に託していたのだ。その決断には大変な葛藤があったはず。でも、結局は、音楽の道を歩む若いM君に大きな経験をさせたいという指導者の思いが勝ったのだ。

幕が開くまでの緊張で、40人からなる大編成ながら皆無口になった。息遣いも浅い。それぞれが大舞台にあがって心を落ち着けようと懸命なのだ。一番前でクラリネットを抱えた生徒が「あー、キンチョウ！」と小声で一言。まるで全員の心境を代弁するかのようだ。周りもつられて「キンチョウ！」と息を吐く。

すかさず、脇にいた顧問のK先生が小声で言った。

「キンチョウ、OK！　君たちはこれまで全てをぶっつけて練習してきた。その分だけ出せばいいんだ。客席に向かって、『一生懸命演奏するので、どうぞ聴いてください』と語りかける気持ちでいこう！」と言った。

生徒たちの表情がふっと和らいだ。K先生は全体の出来栄えを確かめるため大急ぎで客席へ移動。と同時に、わが校を紹介するアナウンスが場内に響き、静かに緞帳(どんちょう)があがる。ステージと客席の明暗が鮮やかだ。私とF君はステージの袖に立って見つめる。

指揮者がトランペットパートのソロ奏者に視線を向けた。わずかにタクトで合図を送る。それに呼応して一人の男子生徒が静かに音を奏で始める。1回、2回、3回、乱れも掠(かす)れもない澄んだ音色が静まり返った場内に響き渡る。ワーグナーの歌劇、『リエンチ』の序曲のはじまりだ。

とっさに「決まった！」と思った。素人の自分にもトランペットソロがノーミスでスタートできたことが分かる。そのトランペットの呼びかけに応えるようにそれぞれのパートが少しずつ加わり、徐々にゆったりとした大きなうねりになり、ついには怒濤のような重厚な響きになってホールを圧する。

生徒たちは先ほどまでの緊張から完全に解き放たれたように熱っぽい演奏を繰り返す。一気にその高みまで上り詰めることができる生徒が誇らしい。「出だしのトランペットのソロがうまくいけば、皆が乗れるはず」と言っていたK先生の予想どおりの動きだ。

規定の演奏時間12分を見事に演じ切った。緞帳は静かに下りた。舞台の袖にいたOBのF君も演奏が終わるまでは気が気ではなかったようで、大きく一息吐いて、私に「やりましたネ！」とニッコリ。生徒たちは演奏の興奮を引きずったまま。中には肩を小刻みに震わせている女子生徒も。目を赤くして天井を仰ぎ見ているのはソロを演じた生徒。それらを横目に、直ちに楽器の搬出だ。会場の楽屋の通路まで運び、トラックの荷台に手際よく積み込む。入念に幾重にも結わえつけてその上をシートで頑丈に覆った。

ホールの中では閉会式が行われているはず。成績の発表なのか、そのつど驚喜の大歓声があがる。わが校の結果が分からないのがもどかしい。積み込みを終えたわれわれはトラックを所定の駐車場へ移動させて待機。そこへK先生が小走りにやってきて、トラックの運転席を見上げて破顔一笑。「次、仙台！　東北大会！」と叫んだ。出場権を得たのだ。それを聞いて、私と助手席のF君は何度も小さくこぶしを振りながら、一足先に学校のある八戸へ向かってトラックをスタートさせた。

大会があれば必ず結果がついてくる。不本意な結果に終わることもあるが、でもそれは相手があってのこと。常に頂点を極め続けるのは理想かもしれないが、それだと本物の歓喜は味わえないような気もする。勝って手に入れるものと、負けて手に入るものは人生の中で考えればそれは真逆のものではないのだ。

さて、私はもっぱら水泳部の顧問として過ごした。吹奏楽部のK先生とはハードなスキー仲間だ。二人は冬の初めから初夏まで、授業、講習、部活などのわずかの間隙を縫っては雪を求めて滑走できる山々を探し歩く。そんな若い二人を先輩の先生方は大様に見ていてくれたのは有り難かった。

夏のある日、水泳部の練習を終えた私は暗くなったプールの機械を止め、門に施錠をして腹ペコで職員室に帰ってきた。Tシャツに短パン、首にホイッスルをぶら下げ、ビーチサンダルのままだ。そこへK先生が慌てて飛び込んできた。「ティンパニー・ヘッドが破れた！」というのだ。市内の楽器屋に頼んだが何日か時間がかかるという。狙う大会は二日後だ。今回の曲目はティンパニー抜きでは考えられない。やむなく、盛岡の楽器屋を当たったが、快い返事はない。何軒目かの店で、何とか手を尽くして探してみるという店主の話に一縷の望みを託して私はK先生を車に乗せて向かった。

まだ高速道路のない頃のことだ。国道4号を延々と走って、盛岡に着いたのは夜中だった。

店はとっくに閉まっていたが、ティンパニーの革を確保してわれわれの到着を待っていてくれた。その安堵で、とたんに目まいがするほどの空腹感におそわれたが、その後どこで何を食べたかは記憶にない。一路もときた道を八戸へ。岩手県境を越えて三戸町へ入ったときはもう真夜中をとっくに過ぎていた。こんどは猛烈な睡魔に襲われた。コンビニなどない時代だ。ここまで来て事故を起こすわけにはいかない。私は道端に車を止めて外へ出た。

二人で腰を伸ばして見上げた夜空。その満天の星に息をのんだ。目はくぎ付け。はじめ、それはあまりにも鮮やか過ぎて錯覚かと思った。観念的にとらえた星屑の夜空かと疑った。睡魔は一瞬にして消えた。ティンパニー・ヘッドの破損と満天の星屑と、その年の演奏曲目がセットになって今も私の頭にしまい込まれている。

人が何かに魅かれるのは対象になるそのものの魅力だけではなさそうだ。それに付随するさまざまなストーリーがあってのことだ。私が今もワーグナーの『リエンチ』に過敏に反応するのは、「リエンチ体験」ともいうべき、「トラックでの楽器運搬」、「ティンパニー騒動」、「K先生の緊張ほぐしの凄技」などのような周縁のストーリーがあるからだ。

『リエンチ』ほどポピュラーではないが、私にはハンガリーの作曲家コダーイの管弦楽曲『ハーリ・ヤーノシュ』にも特別な体験ストーリーがある。少し口はばったい言い方だが、それぞれの曲を懐かしむとき、それらと関わった時の体験が蘇る。そこには自分も登場する独特なストーリーができあがっていて、自分までもが活躍しているという心地よさがある。

それにしても、Ｋ先生の緊張ほぐしの技は見事だった。借り物ではない信念が瞬時に生徒たちを動かしたのだ。そして、今回のコンクールで最も緊張しまくったのは演奏する生徒たちでも、指揮をする先輩でもなく、客席で息をのむようにじっと聴き入ったＫ先生だったのだと思った。

2　子規庵の朝顔

夏になると東京根岸の「子規庵」のT君から鉢植えの朝顔が送られてくる。浅草の朝顔市で売られているような鉢植えで、周囲を竹ひごで囲い、取っ手もついている。ところが、花の色は薄く形も小さくて見栄えはしない。質素というよりも貧相と言ったほうがよさそうだ。小学生が夏休みの宿題として育てる朝顔の方がはるかに色鮮やかで大ぶりで存在感がある。

それでもこの子規庵の朝顔には特別な意味があるのだ。子規庵は明治の文豪正岡子規がそこに八年余り生きていた記念すべき庵だ。台東区の根岸にあるのだが、その土地の老舗の若社長ら数人が集まって「根岸の里青年団」を結成し、子規庵をアピールする名物として限定一〇〇鉢で売り出したのがこの朝顔なのだ。

江戸から明治にかけて流行した「変化朝顔」という種類だという。昔は「出物」と言われ、突然変異なのでどんな花をつけるか分からないという面白さがある。子規も晩年この子規庵で愛でたのがこれで、いわばその「子孫」ともいうべき朝顔なので、今のものに比べたら色はぼんやりとして薄く、なんだか覚束なく咲くのも仕方がない。私には子規ゆかりのこの朝顔の方が貴重なのだ。

この朝顔を送ってくれるのはT君という教え子の男性だ。彼は津軽の港町の漁師の長男として生まれた。祖父に続き、父親も神社の総代や町内のまとめ役に推されるなど人望の厚い人で、奥さんともども真っ当に暮らしている。

長男のT君は高校を出て都内の大手銀行へ就職した。親譲りの屈託のない好人物ながら、田舎から上京し、しかも金融関係のなかで揉まれるとあって当初は苦労が多かったかと思うが、彼の口から愚痴を聞いたことは一度もない。

その彼が全く偶然に子規庵に関わるようになったのは三十四歳のときだ。それを聞いて、はじめは、おや、何でまた？　というのが私の率直な感想だった。授業で子規の「写生」を唱える独特な作風などを教えた記憶はあるものの、それが原因だとはとても思えない。銀行マンとは無縁のような文化活動に没頭するT君の心の内がなかなか分からなかった。子規庵保存会という文化活動にも経営感覚は必要だろうから、その点でお役に立っているのかとも思った。

ところが、そのきっかけはT君の人柄にあったことを後で知った。子規高弟の係累の方が子規庵保存のために窮地に陥っていることに同情したのが始まりだったのだ。

子規庵は台東区の根岸にある。空襲で焼け出され、昭和二十五年に再建されたものだ。山手線、京浜東北線の鶯谷駅北口より徒歩5分。初めて案内されたとき、これがあの漱石、鷗外、鳴雪、碧梧桐、虚子などが集まった子規庵かと感慨もひとしおだった。根岸派の重鎮、歌人、小説家の伊藤左千夫や長塚節ら多くの文人との交流、子規と同郷の親友で日露海戦の名参謀秋山真之とのことなどが脳裏にどっと押し寄せる。

中に招かれ、その質素なたたずまいにもびっくり。八帖間は客間。六帖間は子規の病間、その隣の四帖半が子規を必死に看病した妹律の部屋、台所前の三帖間が母堂の部屋という具合だ。子規の部屋には天板の一部を四角に切り取った子規愛用の机がある。カリエスに苦しむ子規が立て膝で机に向かうことができるように子規自らが指物師に作らせたものだ。

子規が床に伏したまま眺めた庭が見える。子規が明治三十一年に発表した『小園の記』で、「我に二十坪の小園あり」で書き出し、文末を「ごてごてと草花植ゑし小庭かな」で閉じている随筆だ。

T君は私を促して、子規のようにその場に横臥して庭を眺めてみるように勧めた。子規の視線を体感させてくれたのだ。糸瓜と鶏頭は子規庵の庭にはなくてはならぬものなので今も丹精を込めているとのこと。他に、白萩、赤萩、芒、秋海棠、水引、河原撫子なども植えられている。これらの草花は子規の『草花帖』に描かれたものだ。

　　鶏頭の十四五本もありぬべし

この句は高浜虚子らたくさんの門人が集まって、子規の病床で行われた句会で子規自身が庭先の鶏頭を詠んだものだ。

糸瓜咲て痰のつまりし佛かな
痰一斗糸瓜の水も間に合はず
をとゝひのへちまの水も取らざりき

子規の絶筆三句だ。自分の死を目の前にして、自分を極限まで対象化して見せるその凄さに言葉を失う。これにちなんで子規の命日九月十九日は「糸瓜忌（へちまき）」と呼ばれる。

さて、T君が関わり始めた頃の子規庵には社会的な地位に上りつめ、名を成した高齢の理事たちがいたが、子規庵の保全や運営について問題解決の糸口もみえずに混迷していたという。意見は百出するがそれを実行に移す実動部隊が不在だったようだ。都や区はその状況を危機的に捉え、財団の機能を危ぶむまでになっていたという。中で一人、子規の高弟寒川鼠骨（さむかわそこつ）の姪にあたる方が理事長職にあって、老齢で重病を患いながらも財団の行く末を案じて苦悩する姿に同情したT君は、「私でよければ実務や事務作業をお手伝いします」と申し出たのが事の始まりだったのだ。

「先生の教え子として、子規が云々とか文学的な興味からと言えれば良かったのですが、変な関わり方で始まりました」と彼は笑った。

彼は俳句や短歌など文学に関わるつもりは毛頭なかったので、東京都や台東区との長期にわたる交渉と、老齢の理事長の意を体して子規庵の施設と運営の回復を果たすまでのお手伝いのつもりで引き受けたという。

子規庵の周辺、敷地内、建物内の清掃など力作業や単純作業をはじめ、来庵者への対応と説明にも率先して関わったとのこと。たまに都内でT君と逢ったりすると、「今日は一日いっぱいの力仕事でした」などと笑った。

たくさんの紆余曲折は覚悟のうえで、何とか軌道に乗ったのを見届けたら辞めるつもりだったのだが、折しも、子規没後一〇〇年の記念事業が迫っていたことに加え、『仰臥漫録』（子規が死の前年の明治三十四年九月から死の直前まで日常を綴った病床日録）に関わるトラブルが子規庵の組織とは関係のない所で文壇をにぎわし、その対応に当たるなど、辞め時を逸して二十五年が過ぎてしまい、この期に及んではもはや逃げ出すことができなくなってしまったのだ。

彼の述懐はこうだ。

「昨年、私が子規庵に関わってもう25年になることに気づきました。子規が生きたのは34年と11カ月でした。私が紹介されて子規庵に来たのは34歳の初夏でした。偶然ですが子規の亡くなった時と同じ年齢で子規庵に呼ばれていたことになります。もっとも、子規はその年までに人生の一大事業を成し遂げていますが、私は今還暦を迎えるのに、未だにこれといった成果もありません」と。

また、続けて、「以前お話ししましたが、子規庵の文庫蔵で発見した鰺ヶ沢の結社からの包み紙には吃驚仰天でした。私の故郷と子規庵に繋がりがあったことにただただ驚きました。私が四半世紀にわたって関わってきたのも何かのご縁かもしれません」とあった。

私が授業で教えた子規は教科書の中の子規像だった。今、T君は生きて血の通った子規を現代の人々に提供し続けている。文学的、歴史的事実は教科書や書籍だけでは十分ではないということをあらためて痛感する。

子規庵を側面から応援し続ける落語家の先代林家三平の奥様や一門の存在、松山市立子規記念博物館、同、坂の上の雲ミュージアム、新宿区立の漱石山房、文京区立の鷗外記念館などなど、関係のある諸団体や多くの学者や研究者と連携しながら年間約一万人の来庵者を迎えるまでになった。

私の頭の中では、子規のもとに集う漱石をはじめ著名な文人、門人たち、子規の幼馴染みの真之、母八重、妹律に交じってT君もその傍らにいて皆の世話をしているような錯覚を覚えてとても晴れがましい気持ちになる。

彼からの最近のメールにはこうあった。

「今の子規庵は戦争で焼け出されたものを昭和二十五年に元の形のとおりに復元したものであるにもかかわらず、一昨年取材を受けた建築物関係の著名なライターから、『子規庵は生きて、呼吸をしている』と言われたことが我々にとっては最高の誉め言葉でした。それ以降、我々は子規庵についての認識を変えました。それまでの『子規が亡くなるまで住んだ場所』というフレーズを改めて、『子規が八年余り生きていた場所』としたのです。青年子規が生きていたことを感じてもらうのは、博物館でも文学館でもなく、今も息づく子規庵であることを自分たちも再認識したからです」とのこと。

これこそが寒川鼠骨の姪御さんが命がけで願ったこと、T君がその願いを叶えるべく渾身の力で取り組んだ大きな成果であったのだ。

金銭欲にも名誉欲にも無縁の男が、自分の心情に従って生き、普通には成しえないようなことをライフワークとして奮闘していることに大きな拍手を送りたい。

今年も色の淡い子規の朝顔が届くはずだ。

3　前後裁断（ぜんごさいだん）

何とか現状を変えたいが、どこからどう手を付けていいやら。それができないまま、時がどんどん過ぎる。それがまた、着手の気持ちを萎（な）えさせる。

だいぶ前のことだが、TVで「前後裁断（ぜんごさいだん）」ということばを知った。確か、福島大学の先生がプロ野球選手のメンタル・トレーニングのために使ったことばだったと記憶している。私は仕事がら四字成句や聖人君子のことばを使うことはあるが、このことばは知らなかった。でも、即座に思ったのは、成績不振や部活動の不振などにあえぐ生徒の起爆剤に使えそうだということだった。

人は誰にでも思うに任せない現状から抜け出たいという願望がある。生徒の場合はもっと成績を上げたいとか、部活動でレギュラーをつかみたいなどと思いながら、その割にはそれなりの行動が伴っていないことが多い。もっと勉強をとか、もっと練習をという思いだけをどんなに唱えても結果に結びつくことはなく、むしろそれが自分の気持ちを萎えさせ、敗北感を増殖させることになりかねないということだ。

そのような自分からの脱皮の手掛かりになるのが「前後裁断」だ。意味は、文字どおり「前」と「後」を裁（た）ち（断ち）切るということだ。「前」とは自分にとっての「過去」。しかも、成果を出せず不本意を託っていた好きになれない過去のこと。「後」は将来・未来など。この先自分の前に姿を現すはずの見通しが立たない不安な「結果」などをいう。

人には誰でも過去という経験がある。それが今の自分を形作っている。成功した過去（経験）はそのまま生かせばいい。問題は失敗した過去だ。失敗から学ぶのは理想だが、たいていの場合はその苦い経験が過剰なまでに手枷足枷となって、その先へ進むことを躊躇わせる。ここが「前後裁断」の出番なのだ。

この失敗経験を意識的に一旦断ち切って、的を「現在」のことに絞るのだ。過去への拘り（過去の成績、自分の能力、失敗に終わったあれやこれや）を引きずったまま「新しいこと」、「目の前にあること」に挑戦しても、その時点でこれまでの負の経験が悪戯をして元の木阿弥に引きずり込もうとする。

この「やっても無理なのではないか」とか、「今までは思うようにいった例がない」などという「不安」や「諦め」のネガティブ思考こそが本来持っているはずの能力の出番を邪魔する元凶で、「裁断」すべきは実はこれなのだ。

過去の不甲斐なさに対する憤り、未来への不安は誰にでもある。むしろ、肝心な場面で、それらに支配されて挑戦意欲を失っているとすれば、それこそが最も避けたいことなのだ。

「諦め人間」であればあるほど、「いつかは、何とかなる」と、全くナンセンスな思いに身を委ねて自らを慰めたりする。それよりも、自分に絡みついているいやな過去をいったん断ち切って、目の前にある「今だけ」のこと（それはおおむね範囲が決まっていて取り掛かりやすい）に挑戦する方がはるかにスマートではないか。自分を縛り上げている前・後との一時的な決別だ。それでもなお失敗したらそれは甘んじて受け入れればいいのだ。そこでの失敗はこれまでの「いい加減さゆえの失敗」とは違い、次への挑戦を後押ししてくれる味方のような「失敗」なのだ。

一方、「後」への拘り（こだわり）は、主に「結果」に対する不安だ。先のことは誰でもわからないという前提に立とう。そして、希望する結果を手に入れるためには天文学的な努力が必要だなどという「丼勘定（どんぶりかんじょう）」の思い込みは捨てることだ。自分の思考や行動の質に応じた結果は甘んじて受け止めるくらいの覚悟を持つことだ。それが「自己責任」という大人への道標（みちしるべ）なのだ。

要するに「前後」に囚（とら）われすぎるあまり、足許（あしもと）を見失って、実際には手の届く範囲にあるはずの成果をみすみす見逃して欲しくはないのだ。

人気のボルダリングを見て思うことがある。それは目標に到達するためにどの「ホールド」（手掛かり、足掛かり）を使うかが重要だということだ。それらが至る所にさまざまな形で配置されているという点で学習の目標を定める方法と共通するものがある。しかも、それが自分の体力（能力）にかなうかどうかという見極めを必要とするところに魅力がある。どんなに優秀なボルダラーでも絶対にやらないことがある。それは頂上付近に設定された目標に一気に飛び跳ねてタッチするということだ。それは人間には不可能なことだ。どこに手を伸ばし、どこに足をかけ、どんなリズムで上を目指すかは取り組む個人の問題なのだ。

さて、勉強のことだが、確かに、「基礎」が分からなければ「応用」ができないという理屈はその通り。しかし、そのような次元の常識で、不勉強の自分を責めすぎることはない。学習の、もっと大きくいえば教育活動の、さらには人生の全てが基礎と応用の関係だけで成り立っているわけでもあるまい。それは冷静に考えれば納得できるはず。せめてほんの一部の範囲でもきっちり勉強したり体験したりしてみることだ。ちょっと乱暴だが、「基礎・応用不可分論」は今のところは無視しよう。そして目前の問題解決に集中してみてはどうだろうか。

例えば、高校一年の英語なら「完了形」、二年の数学は「図形と方程式」、三年の日本史は「日露戦争と日中戦争」、世界史は「オリエント世界」、倫理は「世界の思想」、音楽は「アメリカ音楽と式歌練習」、保健は「心身の相関とストレス」、生物は「ホルモンと神経」、化学は「酸化還元と電気分解」、物理分野は「ドップラー効果」、情報は「データベース・ソフトウェア」、家庭科は「消費生活」、古典はたった三〇個にも満たない「助動詞」などなど。このすべてをやることはもちろんない。現役の諸君にはもっと有効な方法が見えているかもしれない。

それぞれの教科について、限られた範囲に的を絞ってみたら、そこにあるのは「壁」ではなく、結構高いけれども何とか越えられそうな「ハードル」かもしれないし、解決への幾筋かの「細い道」の存在に気づくはず。一〇〇点はとれなくても、五〇点は何とかするという覚悟を決めることだ。

大きなカステラに一気にかぶりつく人はいない。食べやすいように切って食べて、美味しければもう一つに手を伸ばすのだ。教科に関して言えば、「苦手意識」の根底には「面倒くささ」や「怠惰」があり、それが学習を阻害してきた原因なのだ。それが分かっていながら、どうにもならなくてもがいている自分を「前後裁断」という「薬」で「治療」することだ。

もちろん、前後裁断は万能薬ではない。むしろさまざまな種類の軟膏のように体の一部の特定の不調に効くだけかもしれないが、そこでの治癒の実感が次の治療への大きな起爆剤になることが期待される。そして、それはこれからの自分の生き方の全てに関わるほどの大きな意味を持つはずだ。

以上のことは生徒や若者へのメッセージの形をとっているが、結局は自分を含む全ての大人にも当てはまることだ。過去に拘り、それを引きずりすぎないこと。将来を心配しすぎて必要以上に不安に苛まれないこと。それよりも今やれることを精一杯やってみることで、望外な充足感を味わえるとしたら、そのことの方がはるかに健康的だということだ。

4　嗚呼、英語！

「日本人は学校で何年も何年も英語を習うがさっぱり話せない」、とか、「アメリカでは子どもでも英語が話せる。日本でもできるだけ早くから英語を学ばせるべきだ！」、「英語は一朝一夕で覚えられないから毎日勉強、勉強！」など、よく聞くハナシだ。さらに、企業に入っても英会話が覚束ないと国際競争力に太刀打ちできないとか、英会話ができなければ立派な国際人にはなれないなどと思い込んでいるふしもある。気持ちは分かるが、その認識もそれをベースとする論法もそこまでで、その先の核心にふれることはない。

この問題は本来、外国語教育全般に関わる問題なのだが、目下、世上をにぎわしているのは小学校からの英語教育の問題なので、以下、「英語教育」として述べることとする。

「国際社会で活躍できる人間を」という旗印のもとに、政財界が主導して始まった新しい大学入試の導入も直前で壁にぶつかり結局は延期になった。これによって、受験生や送り出す高校側や保護者が翻弄された。試験を課す側に問題があったのは確かだ。試験で総合的な学力をみるという理念は分かるが、英語教育に関する共通の理念が定まらないまま、加えて、答案処理の方法論など手続き上の問題も脆弱なまま敏感な受験生の前に公表したのはいかにも拙速に過ぎた。

問題は政財界が期待する「活躍」の意味にある。国際的に活躍するということは英語が話せるというだけで事足りるかのような発想は貧弱だ。政財界でさしあたって期待するのは国際的な商取引で必要とする流暢な会話力と、せいぜい外国人とのお付き合いが可能という程度の潤滑油としての会話力だとすれば、それは英語教育のもつ大目標からは程遠いものだ。

大切なのは異文化理解や我が国の文化発信のための本格的な英語力を体得することだ。それは日本人としての「知性」・「理性」・「感性」などに裏打ちされた総合的な「人間力」が土台になるもので、母国語への深い理解や歴史などを含む他の総合的な理解があってはじめて可能になるものだと思う。

二十年ほど前のことになるが、都内で当時国際日本文化研究所の所長だった（後、文化庁長官に就任）河合隼雄の講演を聞いたことがある。生きた教育を展開するために、日本人が陥っている隘路を指摘し、そこから抜け出るにはどうしたらいいかについて語ったものだ。その明晰な分析と話術に魅せられて、筆者自身が会場で走り書きしたものの一部を清書したのが次の文章だ。

「国際化というとすぐ考えるのは『英語ができなきゃいかん』とか言うが、それだけではないのです。それは『今までの国際化』であって、これからの本当の国際化というのは『私はこうです。こう思います』というのをパッと打ち出せなければならないのです。これが国際化なのです。自分のアイデアとか自分の考えというものを、自分なりに形成して持っていることが大

切なのです。

私は外国に住んでいた時によく経験したのですが、アメリカ人とか欧州の人が日本人に何か聞くと、日本人は反射的にアイドントノーと答えるのです。皆さんだってそんな場面を想像してもらえばわかると思うんですが、アイドントノーでは『なんやこれ、何も考えも無いのと違うか！』と思われてしまいます。実は無いわけではなくて、有るんですけどうっかりこの場で言うと困るんではないか、立場はどうなるかなど、余分なことを考えてしまって何も言わなくなる。だから日本人は何も考えていないのではないかと思われてしまう。皆さんどうですか？会議なんかするときでも日本人は『私はこう思う』というのはあまり評判良くないでしょう。自分ではいろいろ考えているんだけど、『皆さんいかがですか』、『校長先生どう思いますか』と伺っておいて、後の方で自分の考えを少しずつ入れていってまとめようとする。それはそれで奥ゆかしいのですけれども、それだけではダメで、いざっとなったらポンと出せるような人を我々は作っていかなければならないのです」というものだった。

さて、今、誰もが関わりつつある「グローバルネットワーク社会」(ここではグローバリズムを無批判的に受け止めることの是非を問題とはしないが)で、英語学習は既に異次元(もっと高次元な)のステージに向かっている。そこで求められるのは「会話力」ではなく「人間力」だ。それは部分的にではあるが、かつての良き教養人を育成するための「文法訳読」の英語学習が目指したものにも似ている。

そのような観点も踏まえて、これからの英語学習のありかたを再確認すべきだ。入試改革はその後の出番だ。しかも、入学試験という関門を設けて英語学習を方向付けようとするのは本末転倒の話だ。

このように混乱に陥った日本の英語教育に根本から明快にメスを入れた本に出会った。英語学者、同時通訳者としてお馴染みの鳥飼玖美子の『危うし！　小学校英語』（文藝春秋）という著書だ。それを読んで感じたのは、日本人の英語学習の目的はあまりにも直截的で雰囲気的だということだ。

関係するさまざまな研究会や審議会があるのだろうが、互いの見解が二律背反のまま進行してしまったような印象を抱く。きちんとしたデータを集め、しっかり解析するという手順を踏んだ上で土俵に上がっていない。率直に言えば、社会の中で大声で主張し続ける意見に与し、それを大きな流れとみなして「改革」の旗を振っているようだ。その混乱ぶりはまるで行き先を確かめないまま終着までノンストップという電車にわれ先に乗り込もうとする慌てぶりに似ている。

２０２０年1月13日の『毎日新聞』の社説では新大学入試の「制度破綻」の検証を求めていた。英語の民間試験導入が破綻した根本的な原因は、改革が政財界主導で始められたことと、そもそも大学入試という制度を利用して教科の学習内容に制限を加えようというような発想そのものがおかしいのだという。

それは本来学校の教員がやるべきことだ。教員は多忙だという最近の十把ひとからげの風潮におもねって姑息な手段を使ったものか。そもそも、教育の問題はどこかをちょこっといじれば改革ができるという筋合いのものではない。それはかつての「ゆとり教育」の反省からも分かることだ。

先ずは失敗の検証結果を甘受すること。改革に関わるものは言葉を弄ぶのではなく、最終的にどんな教育を展開すべきかを熟考し、再確認すべきだ。

鳥飼が取り上げたのは日本の外国語（英語）教育のあり方について、その展望に曖昧さがあるという指摘で、それを応用言語学で著名なクレア・クラムシュ（カリフォルニア大学教授）の講演を紹介しながら解説を試みている。

クラムシュは、時代や社会状況の変化に伴って、日米ともに外国語教育に求めるものが段階的に変容していることを指摘し、最終的にどこへ向かうべきかということに言及している。

その変容は次に示す三つだ。先ずは初期の「良き市民を目指す社会」での教育目標は文法訳読を重んじた「教養」としての位置づけだったこと。

次の「企業志向的社会」では国際取引に欠かせない情報伝達の手段を重視した教育が目標となり、口頭による対人コミュニケーションが重視され、書くことより、流暢に会話することに重点がおかれた「実用」教育が脚光を浴びたこと。

そして、それよりも少し遅れて登場した現代の「グローバルネットワーク社会」では、会話ができ意味が通じることだけにとどまらず、歴史観や文化的価値観の違いが分かりあえるような「異文化リテラシー」もしくは「多文化リテラシー」に対応できる学力が求められるようになったことだ。

つまり、「文法訳読重視」や、「会話重視」を対立的に捉えるのではなく、それらも含めて「異文化リテラシー」という観点に立って教育方法の深化を目指すべきだという主張なのだ。

鳥飼はまた、その著書で小学校から英語を教えることについて、詳細なデータをあげてその問題点を指摘している。それは異文化リテラシーへ思い至ることのない「会話」か「読解」か、という不毛な議論への警鐘でもある。

これに関しては数学者藤原正彦の見解にも頷けるものがある。国際的な経済取引で英語万能を理想と考える政財界の発想に真正面から斬り込んでいる。しかも、あえてわが国の政財界が問題視する国の経済力の問題を取り上げて反論しているのは面白い。

すなわち、「英語の総本山のイギリスはどこの国よりも英語に堪能なはずだが、だからと言って経済活動でも世界を席巻しているといえるのか」と迫り、一方、「英語が苦手な日本だが、経済活動ではイギリスと比べてどうだ。英語によるコミュニケーション能力とはその程度のものでしかないのだ！」と息巻く。

続けて、「今、日本人にとって喫緊の課題は流暢な英会話などではない。今こそ国語力を身につける時だ。母国語をしっかり磨くことで、真の国際交流に堪える力をつけることだ」と力説する。

英語によるコミュニケーション能力の向上に汲々とする我が国の識者にとって、その認識に欠けるものがあるとすればまさにこれだ。その辺りの認識に我が国の「騒ぎ」の原因が見えている。

人の性状とは不確かなものだ。大勢の中に身を置いているうちに、かつては自分を支えていたはずのまともな考えがいつのまにか他のものにすり替わっていることがある。入試のこと、英語のことに触れているうちに、自分にも忸怩（じくじ）たる思いが蘇（よみがえ）る。自分にとっての性状の不確かさは教育観の甘さだった。教員を目指した時と、学校という組織の中に置かれたときのそれは大きく違っていた。

表題にならって表現すれば、「ああ、受験」、「ああ、進路」、「ああ、模試」、「ああ、講習」だ。その間に組み込まれた学校行事と部活動。かつて抱いた瑞々（みずみず）しい（と自分では思っている）教育観はどこかに置き忘れ、目前に次々に迫りくるものの処理に追われた。遅い帰りが続くと、翌朝の目覚まし時計を無意識のうちに黙らせる技が身につく。遅刻を心配する妻は起こすのに万策尽きたのか、新手を編み出した。枕元で映画『ロッキー』のテーマ曲をボリュームを上げて流しだした。これにはさすがに降参。

教員生活も終盤に差しかかり、もう教室へ出向いて生徒に直接教えるチャンスもなくなった頃に感じた不足感は忘れがたい。それは「もっと本物の授業をしたかった」ということだ。かつての同僚が転勤にあたって生徒へ語った言葉も印象に残る。「もっと君たちと価値の問題として語り合いたかった」というものだった。

生徒の希望進路の達成を大きな教育目標に掲げ、さまざまな解答技術を授けて叱咤激励していたことを完全に否定するつもりはない。どんな教育活動でもそこから派生する教育効果は多岐にわたるはずだと思うからだ。とはいうものの、自分としては大きな忘れ物を横目で見ながら駆け抜けていたという思いが強い。

5　ピグマリオン効果

私が定年間際に赴任した高校の先生方の指導法について、あらためて感服させられることがあった。それはアメリカの心理学者ローゼンタールが主張するピグマリオン効果に当たるということに後で気づいた。以下は、私には思いもよらなかったその手法を几帳面に実践していた先生方の紹介レポートだ。

ピグマリオン効果とは教育心理学における心理的行動の傾向を示す言葉だ。「教師期待効果」ともいわれ、教師の期待によって学習者の成績が向上するという理論だ。その理論を生徒指導の面にも取り入れて、これまでとは違った形での指導を展開していたのは画期的なことだった。女性の学年主任N先生を中心にした担任の先生方の指導法はこうだ。

容儀でも言動でも問題がある生徒がいる場合は、その場で（ここが大事）直ちにその生徒のもとへ出向き、穏やかに正確に指摘する。決して声高に叱責することはしない。冷静に、親身になって相手の言い分を引き出す配慮を忘れない。それによって、生徒と教師の間にはおおむね穏やかな対話の場が生まれる。これが第一のポイント。

第二のポイントは生徒を一人の人間として扱い、その言い分をきちんと受け止めること。生徒は教師の指摘を叱責と受け止めていないので、反発よりも自分自身を振り返るきっかけになりやすいこと。誰でもそうだが、自分が悪くてもみんなの面前で叱られると素直になれないことがある。生徒を感情的な反発で終わらせないように配慮している。教師の冷静な対応が双方の関係を落ち着いたものにしている。

三つめは、問題行動の生徒に対しては、ともすれば「一事が万事」のような評価を下しがちだが、その生徒に対しては問題部分の指摘にとどめ、それ以外のことについては正当に評価すること。

その学年団の指導の根本はこれだったのだ。その懐の深さが安定した指導につながり、生徒に胸襟を開かせる大きなポイントになっている。

そうは言っても、最初のうちは生徒の教師に対する反応にも礼を失するようなものがあったはずだ。即ち、教師という立場に対する甘えからくる不躾けな言動、女性の先生や新米の先生に対するタカをくったような不遜な態度など。

ところが、真っ正面からの真摯な指導を繰り返すうちに、生徒の方から変わりはじめ、徐々に指導に応じはじめたのだ。何のことはない、生徒の感性は教師が想像するより遥かに柔軟なのだ。容認できないことについては正確に、丁寧に生徒に伝えることによって、それに生徒が「呼応」し、「順応」しはじめる。それが生徒集団に拡がって、クラスや学年のあり方として浸透していく。「毅然たる優しさ」がキーワードだ。

変な喩えだが、男性用のワイシャツの前のボタンは七つある。三つか四つしか掛かっていなければだらしがない。それと同じで、「必要なところまで押さえて指導しているか否か」ということだ。

叱ることの前提には、叱る側と叱られる側にある種の「信頼関係」が醸成されていることが望ましい。それは、教師と生徒という関係よりも、先ずは人間対人間の関係だ。然る後にはじめて「叱る」ことの生きた効果が期待できる。とは言っても、咄嗟に叱らなければならないという場面も頻繁に発生する。でも、仮に順序が逆転したとしても、手を抜かずに「説いて諭す」という気構えを失いさえしなければ、確実に相手も納得する方向へ進むのだ。生徒が指導者の意向に正面から応じはじめるための条件はこれに尽きる。

学校の教職員間でもN先生の学年の指導者たちの手腕を十分に認めているが、そこに踏み込むことを躊躇しているような雰囲気がある。新しい指導法が億劫なのか、自分の「手法」が習い性となりそこから抜け出せないのか。大人は「是々非々」を理解しながらも肝心の「是々非々」を虚心坦懐に演ずることが苦手なようだ。生徒たちの方が遥かに柔軟で、その新しい指導を「納得」という感覚で受け止めていた。

それまで、生徒指導は強面の男の教師が中心になって厳しく指導するというイメージがあった。ところがN先生を中心とする学年の教員団はその強面とは真逆なのだが、どなたも授業、部活動、生活（容儀）指導のどの面をとっても腰が引ける姿は見えない。自らの使命を淡々とこなしている。それこそがプロ意識というものなのだろう。女性教諭は持ち前の優しさや細やかさ、几帳面さが際立つが、そこには生徒への迎合は一切ない。

それは自分にはとても新鮮に映った。かつての自分は、やたらせっかちに指摘し、指示を与え、守らせるという一方的な命令口調だった。従わなければ気合を入れるなど、何とまあ粗野であったことか。

それに対して指導者である彼女らの「妙味」は指導の「豊かさ」にあった。見て見ぬふりや、その場しのぎの義務的な指摘などで半端に終わらせないという爽やかな使命感があった。問題があれば簡単には容認せずに、「伝えて」、「行わせて」、「出来るまで見届け」、「評価する」という手法だ。その学年の先生方は年齢の如何にかかわらず、気持ちも動きも非常に俊敏で、当意即妙ともいえるフットワークが持ち味だ。

このような指導を可能にさせているもの、それは「生徒を見ている」ということに尽きる。この手法で教員が「一枚岩」になったとき、学校は間違いなく変わる。それを阻害し続けているものは「半端」と「手抜き」と「言いわけ」だ。

教育的な配慮から、一時的な「見て見ぬふり」もそれなりに必要なこともあるだろうが、目を逸らし始め、そしていつの間にか、目を逸らし続けたら、そこに残るのはコントロールを失い、馴れ合いだけに辛うじて反応を示す生徒の弛緩した姿だけだ。

教師自身が「いい加減さ」を見せてしまってから、「指導」といっても、それは「規則」を声高に叫んでいるのと同じで無意味だ。それを目敏く見ているのは生徒だ。自分が生徒であった頃のことを思い起こせばすぐ分かることだ。

校則に違反しているから駄目だというだけでは、そこに校則があるだけで、指導者がいない。指導者が校則の陰に隠れて遠吠えしている姿だ。校則を盾にした容儀の指導、大学合格や内申書をちらつかせた進路指導であれば「教え育む」という行為からは程遠い。

高校生の目はシビアだ。教師は本気かどうか、口先だけの注意に終始していないか、メンツで物言いをしていないか、終始一貫を欠いていないか、自分らを牽引する力があるか、更には本気で自分たちのことを考えているかなど。ほとんどは人間性に関することを基準にして見ているようだ。従って、指導者の性別や年齢などは問題ではない。このことは教育の原点に関わることで、単純であるが故に身につまされることだ。

個々の指導者が固有に持っている指導観、教育観、人生観、感性等を確かめながら、生徒のピグマリオン効果を期待するための方法を実践し続けることの大切さをあらためて知った。高校の先生は教え諭(さと)す「教諭」であって「教授」ではないのだ。

6　積算温度一〇〇〇度

西瓜の話です。西瓜の産地として全国的にも有名なのは「屏風山」と呼ばれる津軽半島の西北部、日本海に近い砂地の地帯です。つがる市木造町菰槌というところに市立菰槌小学校があり、ほとんどの生徒の親は西瓜とメロンで生計を立てている。校長先生と生徒たちが話し合って、親の仕事をしっかり知ろうという目的で、農作業を観察して記録集を作ることになった。その名前は「西瓜物語」だ。出来上がった冊子は布張りのハードカバーでとても立派なものだ。しかも暗緑色の「西瓜色」という洒落たものだった。

子どもたちの親を見る目、親を慕う気持ちの純真さがたっぷりと語られていて心を打つ。津軽の林檎は有名だが、その産地は主に内陸部だ。西瓜やメロンははるかに後発の産業だが、試行錯誤と粘り強さで地域の一大産業にのし上がったものだ。

ある人に「あなたはおいしい西瓜をどうやって見分けるの?」と聞いた。その人は少し考えて、四つのポイントをあげた。

一つ目は縞が綺麗に整っていること。

二つ目は形が歪でないこと。

三つ目は軽く叩いてみて響くようないい音がすること。

最後に、お尻がピッとへこんでいること。

だという。三つ目までは私も同感。でも、四つ目は意外だった。実際に包丁を入れたとき、あまり力を加えなくてもサクッと綺麗に割れるのがおいしいということは経験的に知っていたが、それだと「あと出しジャンケン」だ。買った店に「うまく割れないからお返しします」とはならない。

初夏のころ、屏風山一帯や、岩木山麓を車で走ると、そこには広大な一面の西瓜畑が広がる。よく見ると、先端を幾つかの色に塗り分けた五〇センチほどの細い棒がピンポン玉ほどに実を結んだ西瓜の脇にたくさん突き刺してある。これは西瓜の花が萎(しぼ)んで、実を結び始めたらそれぞれの色の棒を刺して結実の時期の違いを表しているということだ。ほぼ一両日中に結実したものは同じ色の棒を近くの土に刺してマークする。その棒を「着果棒(ちゃっかぼう)」といい、収穫時期の目安にするのだ。

地方によって気候風土が違うので、日照時間の累積や、毎日の最高気温の累積で収穫日を決めるなどまちまち。津軽の場合は結実の日から毎日の最高気温を積算して一〇〇〇度になった頃に、一斉に同色のマークの西瓜だけを収穫する。その時が最高の食べごろだという。仮にその西瓜の玉伸びが悪くても、おいしさはピークに達していて、それを逃すと目では判断がつかないが、熟しすぎて西瓜特有のサワサワした歯ざわりも味もどんどん落ちていく。地形、地質、肥料、天候、その農家独自のノウ・ハウなどによって微妙な違いはあっても、この目安から大きくずれることはないという。

さて、この西瓜の栽培方法と人間の魅力的な成長の過程にはみごとな相関がありそうだ。すなわち、西瓜栽培における「一〇〇〇度」は相応の季節に相応の肥料を与え、相応の手間と相応の月日を費やして着実に加算されたものでなければ、おいしさにはつながらないということだ。

促成栽培を試みて、毎日五〇度にしたらどうなるか。きっと枯れてしまうだろう。反対に毎日一〇度前後で推移したら、たとえ積算温度が一〇〇〇度に達したとしても低温障害がたたっておいしさは期待できない。さらに、毎日の温度差が極端にありすぎるのも、結果的にはおいしさには程遠いものになるはず。

こう考えたとき、青少年の成長過程、学習過程と西瓜栽培には立派な相関関係があることに気づく。人間にありがちな「ムリ・ムラ・ムダ」という行動様式はその人のしっかりした成長には結びつかないということだ。人間的な魅力やバランスの取れた知識、運動能力、芸術的な感性などの養成はパソコンのメモリー増設による素早いパフォーマンスの向上とは訳が違う。

徹夜の勉強を誇りながら、授業中にもうろうとしているのはナンセンス。毎日の学習や部活の練習をせずに、あるとき急にやりだすのは「気温五〇度を繰り返す間違い栽培」と同じだ。毎日着実に成長の要素を積算（加算）することがその人間の味（能力・資質）を決定づける重要なポイントだ。

小ぶりな西瓜でも非常においしいものがある。反対に見かけはおいしそうでも全く期待外れというものもある。人間も同じだ。バランスのとれた生き方が積算されることでその人はしっかりした成長を遂げるのだ。

家内は西瓜には目がないが、自分では栽培しようとは思わないようだ。

7　健診顛末記

ゴールデンウイークの直前に養護教諭がわざわざ私の席へやって来て、「先生の結果が早く出たので、この資料を持って総合病院で精密検査を受けてください」とのこと。

資料として渡されたのは去年と今年の胸部間接撮影のフィルムだという。びっくりして「肺癌みつかったの！」と訊いたら、「肺に腫瘤の痕のようなものがみえるとのことで、確かめて安心しましょう」という。穏やかな表情と口調に思えたが、後で考えると、私の動顛を気遣ってあえて平静を装ってくれたようだ。

同僚にはまだ誰にも結果が届いていないということは、問題がある人には早めに通知が来たということで、そのこと自体には納得だ。ただ、今すぐに行けと言われてもちょっと都合が、と考えるが、正直なところ怖いのだ。

年一回の採血のときも、注射針からキッと目を背け、終わってもなお握りこぶしを解かないので看護師は「もう楽にしていいです」とおかしそうに言う。開いた手の平にはじんわりと汗が滲んでいる。自分にとって病院は極度に苦手で近寄りにくい存在だ。躊躇しているうちにゴールデンウイークに入ってしまい、病院は休みだ。連休のうきうきした気分は湧いてこない。もちろん、この件は家内にはまだ話していない。

五月の連休明けの日は火曜日で雨だった。この日を精密検査決行の日と決めた。某公立総合病院で受け付けを済ませ、内科の窓口へ持参のファイルを出した。すると、年配の女性看護師が、「あなたは県立病院か大学病院へ行けと言われなかったですか？」とのこと。「やはりそういうことか」と咄嗟に思ったが、その無神経な応対に、私は憮然としたふうを装って「総合病院へ行けと言われたので来たんだが、ここは総合病院だよね！」と応じた。

「それなら、先生に看てもらいましょうか」という。ぞんざいな口のききかただ。自分の応対が患者の不安を煽っていることなどには全く無頓着。この鈍感で不躾な態度に、この病院の全てが信用できないような気持ちになった。

タバコは長年にわたるヘビースモーカーを自認。咳はでる、痰はでる。のどは痛い。若干の息苦しさ。素人ながら肺癌を宣告されても不思議はないとの自覚。しかも、タバコも酒も全く無縁な母を肺癌で失った自分としては、この病院でさえも「無罪放免」の余地はほぼゼロだろうと覚悟した。

不思議だったのは、この期に及んで意外にも狼狽えていなかったことだ。むしろ、癌を宣告された場合は、直ちに退職する。当分の間家内には病名を「不告知」。好きなタバコは最期まで吸うなど、次々頭に浮かんだ。でもどう考えてもちぐはぐな考えだ。一方ではそんな不遜なことを考えられるのは、まだ宣告されていないからなのかとも思った。

その病院の内科には三つの診察室があった。二つの部屋へは自分より後に受け付けをした患者が次々に呼ばれるが、自分は待ちぼうけ。悪い予想が刻々と拡がる中で待つのは結構厳しい。待ちくたびれた頃に、今まで誰も呼ばれなかった三番目の部屋へ入れという。そこは特別な意味を持つ診察室のように思われ、それがまた不安を増幅させる。

若い医師は私が届けたフィルムをシャウカステンにかざして、「うーん、これはァー？」、「うーん、これねェー？」と何度も小首をかしげる。じれったいことこの上なし。

無言が続いたあとで、何かを決心したのか、「地下のレントゲン室で直接撮影してもらいます」とその医師がやっと意味のある言葉を発した。

レントゲン技師は三枚の胸部写真を撮った。最後の一枚は私の乳首に黒いテープを貼った。怪訝（けげん）そうにする私には特に説明もなかった。再び診察室に戻って医師の前に座る。彼は新しい写真を見つめてまた唸る。直接撮影と間接撮影のフィルムの大きさが違うので照合するのに慎重なのだ。

徐（おもむろ）に、私が持参したフィルムと今撮ったものとを比較しながら、「今日撮った一枚目と二枚には腫瘤痕はなく、三枚目の方にはくっきりと痕（あと）があります。だからこれは肺癌ではありません」と断言した。ますます意味不明。

「三枚目の痕はあなたの乳首の位置を特定するために貼ったテープの痕です。あなたが持ってきたフィルムに映っていたのはあなたの乳首か何かだと思います。移動検診車の場合は間接撮影なのでそういうことも可能性としては考えられます」と、今度は自信ありげに滔々（とうとう）と語った。

やっと意味が取れた。

「じゃ、肺癌ではないのですね！　助かりました」とお礼を言って喜んで診察室を出ようと立ち上がったところ、追いかけるように医者が言った。

「あなた、もう一生分のタバコ吸っていますね！」とのこと。予め喫煙年数と一日の喫煙数を届けているので、それを見ての指摘だ。続いて、

「肺癌でなくて嬉しいでしょう！」、「これを機にタバコやめませんか！」と畳みかけられ、

「そうですね。やめますか！」と応じてしまった。

「熟慮」ではなく「弾み」や「成り行き」が人生の一大事を決めるとはこのことか。深々と頭を下げて退室した。

禁煙は今が潮時だと思ったら、何だか嬉しくなって病院のロビーにあるゴミ箱に煙草の箱をポイと捨てた。意気揚々と車を走らせ、病院に傘を忘れたまま職場へ直行。皆の前で事もなげに禁煙を宣言。

そこまではドラマの主人公気取り。その時を境に、苦痛、発狂の日々が延々と続き、寝ても覚めてもタバコ、タバコ。十日目頃になってやっと、「今、吸ってもいつでもやめる自信がある」などと思えたが、精神状態は未だ尋常ならず。タバコが意識から遠ざかるまでには予想を遥かに超える日数がかかった。

ただ、我慢の日数が増えるにしたがって、徐々にそのことに快感を覚え始め、それと前後し

てクリアな世界の曙光(しょこう)が見え始め、咳、痰などの症状は嘘のように消えた。食べ物が旨い。これを機に職場健診に対する認識はガラリと変わった。それまでは健診結果を自分に都合よく解釈し、仕事の忙しさや体が痛くも痒くもないことにかまけて「自然治癒」もありなど、高をくくった不遜な態度だったことを恥じた。それからは、「健診は車の車検とは違うぞ」と同僚に叫ぶようになった。精密検査を勧めてくれた養護教諭はどんな思いでそれを見ていたことか。

8　第二志望で！

栗ご飯　よそふ母の手　絆創膏

これは、有名な俳句ではない。それでいながら、今も脳裏から離れない句だ。栗ご飯と絆創膏でこの句の世界はすべて語られている。秋の味覚を素朴に詠み上げながら、働きづめの母への感謝を詠んでいるいい句だ。私がこの句を挙げたのはもう一つの大きな理由がある。そのことは後に述べることにして、まずは俳句を鑑賞してみたい。

短詩型の文学ゆえに、それを鑑賞した人のイメージは自由を得て大きく羽ばたく。この俳句も然り。

この句からどんな世界が読みとれるだろうか。季節は秋。場所は作者の自宅か。母と作者がいることはわかる。でもたった二人暮らしなのだろうか。わざわざ栗ご飯を炊いてくれるのだから、家族はもっといて、みんなが喜んでくれたほうがいいのだが、ちょっとわからない。

時間帯は一日のうち、昼でないことは確かだ。昼は昼飯とわずかな休息時間で、その間に飯を炊くということはまずない。昼飯を食べて一息ついたらすぐ仕事の再開だ。では朝か、晩か。どっちだろうか。どうも晩のようだ。なぜなら、栗ご飯というのはめったにないご馳走なのだから。一日の終わりにホッとした気分で美味しく、有り難く味わおうとする光景が似合う。

ところで、栗ご飯のおかずは？　自家製の漬け物だろうか。まぜご飯に仰々しいおかずは不似合いだし、作者の視線は栗ご飯と母の手だけに注がれているので、その他のことはあえて想像する必要はなさそうだ。

母の手に注目してみよう。なぜ絆創膏なのか。それよりも、絆創膏は今の若い人には分かるだろうか。さまざまな商品名で売られている傷テープなら納得だろう。殺菌効果があり、いろいろなサイズがあり、水仕事にも対応できるテープではあまりにも今風（いまふう）で、安直（あんちょく）すぎて、絆創膏のもつ生活臭は伝わらない。傷の痛みまでも感じさせてくれるのは絆創膏でなければならないようだ。

この母はなぜ絆創膏をしているのか。栗のイガで傷をつけた？　それだとあまりにも単純。絆創膏は「仕事」や「生活」と不可分。この母親は、農作業などに懸命に精を出して働いている人なのだ。その母と「栗ご飯」の取り合わせから拡（ひろ）がる世界。それがこの句の最も味わい深いところだ。この母の生き方、信条、生活ぶり、家庭のようす、部屋のようす、台所のようす、家の周りの風景、そして何よりも作者と母の絆、これらがこの「絆創膏」によってくっきりと浮かび上がる。

栗はどんな栗か。その栗は瓶詰めの栗でないことだけは確か。自分の家の周りの栗の木から拾い集めたものか、山で拾った小さいが甘みの強い柴栗（しばくり）なのか、または、どこかからお裾分けで貰った大粒の栗なのか。それを一つひとつ皮を剝いて、渋皮をとって、手間暇をかけたその栗の実を、米と一緒に炊き込んだのだ。炊きたての熱々の湯気、香り、色つや、食感、味、どれも語られてはいないが十分に伝わる。これが俳句の魅力だ。

もう一度母の手を連想しよう。

綺麗な柔らかい手ではない。一生懸命働きづめに働くとても真面目で、寡黙な母親像が連想される。その手は、荒れて、たくさんの皺がありそうだ。指も太い。農作業から帰って、休む間もなく炊事に精をだす母親の姿がそこにはある。それゆえに作者は心の底からその母を信頼しきっているようだ。言葉としては全くないが、母の生き方への共感、感謝が溢れるように伝わる。だから、その食卓には「安らぎ」がある。質素だが十分に満たされた生活がそこにはある。何種類ものご馳走を並べたてた明るい豪勢な食卓や、手軽さだけを売り物にするファストフードの味わいなど、そのどれとも違う豪華さがこの食卓にはある。

この句の作者は女子高校生だ。猛烈と言っていいほど勉強好きな小柄で活発な生徒だった。家庭の事情で大学への進学は叶わなかったので、自分の第二志望へ的を絞り、当面は働きながら学ぶ職種を選んでいた。それが叶えられたら次の段階で本当の第一志望に挑戦するつもりなのだ。

高校生の場合は、在学中に何度も進路志望調査を行う。彼女はそのたびに、第一志望の欄を空欄のままにし、第二志望に記入して提出した。その訳を聞いたら、本人は「あれはおまじないです」とニッコリ。第一志望は他にあるということを自分に言い聞かせているのだろう。その健気な振る舞いには爽やかな心の幅の広さを感じさせた。集計上は私が第一志望としてカウントすれば済むことだ。

　さて、高校時代の彼女の境遇には経済的に厳しいものがあった。家からの通学距離があまりにも遠いので交通費がかさむのもそれに追い打ちをかけた。高校卒業後の仕送りは期待できないので、問題の「第二志望」は給料を貰って進学ができる自衛隊看護学校を密かに狙っていた。相当厳しい倍率だが、彼女なら受かるだろうと踏んでいたらそのとおりになり、都内で看護自衛官としての活躍がはじまった。そして支給される給料の一部は母への仕送りに充てた。

　看護学校での成績はもとより、野外で天幕（テント）を張っての看護活動の訓練にテキパキと励む姿勢は上官たちの目にもとまったのだろう。社会人入学制度による大学受験を勧めてくれたという。しかも、学費は官費で支給されるとのこと。長い間心にしまい込んでいた「第一志望」への道が開けた彼女の歓喜の声が電話に響いた。

　都内の難関大学に進学を果たし、夢にまで見た大学生活が始まったのだ。一生懸命に励む若者を支援しようという上司たちの温かい眼差し、それに懸命に応えてみせた彼女は**“Where there is a will, there is a way.”**ということをしっかりと実践して見せてくれた。

　教員として長い間進路指導に携わって思うこと、そこにはちょっと複雑なものがある。それは試験を受けて合格させれば万歳！　で済むというような気分とは別のものだ。生徒は誰でもたくさんの「針路」から選べるようになっている。その中からどの「針路」を選択するかという段階で、生徒自身は徹底的に自問自答したか、教師はさせ得たかという気持ちが付きまとう。最短距離を進むことだけが「針路」ではないことに気づかせることも「進路」指導の務めなのだ。

どこへ向かうか、何に向かうかは大事だが、その前に生徒の心づもりを整えることなしには本当の馬力を引き出すことはできないということだ。「懸命に挑む生徒」、「簡単に撤退を決め込む生徒」、「しょっちゅう気持ちがぐらつく生徒」、「世間の評価を鵜呑(うの)みにする生徒」、「自分を大事にする生徒」、「自分を甘やかす生徒」などなど。生徒はみな真剣に自分の進路に向かって励んでいると思うのは観念的な思い込みに過ぎないということだ。先ずは雑駁(ざっぱく)な思い込みを捨てさせることから始まるのだ。

とは言っても、教育という大局に立って考えたとき、彼らの生き方に真正面から関わるような指導の展開の難しさに頭を抱えるばかりだった。そういう意味で、「栗ご飯」の生徒が選んだような余裕を持った人生設計には大きな拍手を送りたいのだ。

9 「教高育低」

戦前までは小学校（尋常小学校）の正規の教員を「訓導」といった。これは「教え導く」という意味だ。現在は小学校から高校までが「教諭」だから「教えて諭す」で、大学の「教授」は「教え授ける」となる。いずれもそれぞれの段階での教育の仕方の基本姿勢をよく表している。

「教」と「育」の二つの要素が相まって「教育」が完成する。ところが、これまでの日本では「教」の方にウエートが置かれて「育」の方が軽視されてきた。ほとんどの先生はひたすら教えることに専念。それに応えて生徒は誰よりも早くたくさん覚えた方が勝ちという構図ができあがってしまった。一言で言えば、せっかちな教育だ。中途半端な教育と言ってもいい。「育」が軽視されたということは、教わる側の人格の形成や陶冶にとって問題（欠陥）のある教育のあり方だったということだ。

県内の教育界を束ねる立場の方で、会議のたびに「教育は人作りだ」を連呼する方がいた。一日の研修が終わって、懇親の場に入ってもご本人はそれを繰り返す。その言葉は確かに教育の核心をついてはいるが、そんなスローガンの連呼はなんだか寂しく響く。

私はへそ曲がりではないが、「教育の目標に、『人作り』の他に何かありますか？」と聞きたくなる。どんな立場の人でも、自らの「経験」（仮に失敗談だったとしても）をテーマに絡めて簡潔に語ることでその場の空気は一気に息を吹き返す。失敗談は共有しやすく、挽回の手がかりを探ろうとする方向へ向かう。「教える」だけの場面での失敗は単純な「訂正」で済むが、「育てる」段階での失敗は訂正だけでは済まない。もっと本格的な「工夫」が必要になる。

「教える」のは教える側だけの問題だからどうにでもできる。「育てる」のは個性を持った相手があることなので一筋縄ではゆかない。相手の生徒とのコミュニケーションの中で、具体的で継続的な取り組みが求められる。

今求められているのは育てることの復権だ。その手応えは身近な所にたくさんあることを、さまざまな失敗を通じて発見することにある。

候補者の名前を連呼し続ける選挙運動は品がない。政策そっちのけでがなり立てるのは選挙民を軽んじている証拠だ。変だなと思っても、指摘しなければそのままになって、疑念も懸念もいつの間にか忘れ去られる。「教育は教えることだ」と思い込んでいるのと同じことだ。

教育とは文字どおり「教え」て「育む」ことだ。この点から自分の教え方を振り返るとき、真っ先に頭をかすめるのが「まずかったなあ」という思いだ。「どのように効率よく、うまく教えるか」という一点に力点を置いていた。生徒がよく覚えなければそれを怠慢として叱責（しっせき）したり、反対に自分の教え方が不十分なのかと思ってさまざまな分別を巡らしたりした。ある時は心のどこかで自分の教え方が偏っていることが気になることもあったが、生徒の希望進路達成という使命にかまけて軌道修正に本気で取り組むことはなかった。

「教育」の両輪は「教」と「育」であるなどという教育観や自分の教科に関する専門性を棚に上げたまま、せっかちに次々に教え込み、ただちにテストで合否判定を繰り返す。生徒に試験や受験など、目の前の大きなハードルを越えさせるための「ノウ・ハウ」の伝授に汲々としていた。

部活動の指導では確かに「育」を意識することはあっても、授業の面で「育」を表面に掲げて実践するという発想も余裕もなかった。

江戸の終わり頃から明治初期にかけて、日本人は遮二無二欧米の知識を取り入れようとした。当時は諸外国に伍して国を守らねばならず、国防と近代化が待ったなしという時代だった。欧米人が何を言っているのか、こちらの言い分を伝えるにはどう言ったらいいのか。それが当時外国語を必要とした主な理由だった。まさに意思疎通のツールとしての外国語学習だった。

このような「短期間にたくさん学ぶ（覚える）」ことに価値を置く姿勢が、「たくさん教える」ことを良しとする教育観に陥るのは自然だった。それ以降の日本の教育は「教」のオンパレード。「教」と「育」のバランスなどは完全に無視された。というよりも、「育」は意識の外にあって、わずかに全人教育を掲げる一部の現場でひっそりと実践されるに過ぎなかった。

良い大学に入りたい、良い企業に入りたい。そうすれば幸福になれるという価値基準を支えた教育がいまだに大手を振っている。もちろん、すべてが高等教育を目指す訳ではないのだが。

ならば、そこでは「育」が教育の主流を占めているかというと、そうとは言えない。教育界はものすごく大きな「忘れ物」をしたまま今もなかなか変わることができないでいる。

このような「忘れ物」から生まれたものは何だったか。極言すれば「知識」と「モラル」のアンバランスだ。「知識」はある程度満たされたかもしれないが、物事の道理を判断し、適切に処理する能力としての「知恵」はどうだったか。たくさんのことを知っている人間が輩出されたかもしれないが、人間性とのバランスという点ではどうだったか。

高学歴ゆえに世の中に影響を与えうる人間と、親方や師匠の、あるいは家の教えを守り、他者を顧みながら誠実に人生を生き抜く人間を比べるとき、どんなスケールを用いたらいいのだろうか。双方を並べて黒白(こくびゃく)を論じるのはナンセンスだ。言えることは、一方が上位で他方が下位などという判断は全く当たらないということだ。

今の日本人には自らを律するほどの強い宗教意識はない。欧米のように互いの個性を尊重し合う風土もないから、本当の意味での「個性」を知らず、せいぜい言動が周囲とは違っているだけでそれを個性だと思い込んでいるふしがある。家や地域の伝統やしきたりなど、そこで育まれた価値観を自らの中に取り込んでいるということもほとんどない。むしろそれらを前時代的な遺物として排除しているようにもみえる。

もっぱら家族の成員はみな平等だとし、そこでの多数決が民主主義だと思い込んでいる。多数決とは少数の意見に耳を傾け尊重するところにある。それが本物の民主主義だ。親も子もビョウドウであるはずはない。

これらを修復する手だては何なのか。日本には「知育、徳育、体育」などという教育観があったのに、近代教育の中で「育」を失いはじめたのと相まって徳育（モラル）の「箍（たが）」も次々に外れていった。日本には調和のある「人づくり」のためのノウ・ハウはすでに経験則としてあるのだから、今こそ「育」の実践を本格化すべき時だ。結果が実感されるのは、後の、そのまた後の時代になるのだろうが、やるしかないのだ。

10 「カマス人間」になるな！

カマスという細長い魚がいる。漢字では「魳」「梭子魚」などと書く。頭は長大で口は大きく裂けていて歯が鋭いのが特徴だ。サワラ、タチウオ、シイラなどを含め、漁師たちはこのような魚を「歯魚（はざかな）」と呼んで、船に捕りこむときには噛まれないように気をつける。

イワシやアジなどを捕食するのでそれらが回遊する後を追いかけていることが多い。南方の海に生息するカマスは一メートル以上になるものもあり、これを英語では「バラクーダ」、和名では「鬼カマス」という（ユーラシア大陸や北アメリカには川や湖に棲むカワカマスもいる）。

日本近海のカマスはせいぜい二〇～三〇センチながら、群れを成して泳ぎ回る肉食性の獰猛（どうもう）な魚で、津軽の沿岸部では塩焼きや天ぷらにして食べる。白身魚で味は上品、秋には脂がのって旨味が増すので、「秋茄子は嫁に食わすな」をもじって、「秋カマスは嫁に食わすな」などと言ったりしたとか。

さて、日本のある大企業の研究班がこのカマスの習性を確かめるために海水で満たした大きな水槽に入れて観察したところ、そのカマスには人間にも陥りがちなある行動様式が観察されたというのが次の実験だ。

【実験1】

まず、長さ五メートルほどの大きな水槽に海水をたっぷり入れ、その真ん中に透明な厚いガラス板をはめ込んで半分に仕切る。片方にはカマスの一群を入れ、片方にはカマスの餌になる生きた小魚（カタクチイワシやアジ）をたくさん放す。すると、カマスは猛然と小魚への突進を繰り返しはじめる。カマスを放している方のスペースには全く餌を入れていないので、目の前を泳ぎ回るたくさんの小魚は〝垂涎の的〟だ。小魚はカマスの突進に恐れをなして本能的に塊を作ったり散らしたりしながら逃げ回るが食われることはない。

カマスはガラス板で遮られていることを知らないので何回も何回も突進を繰り返し、ガラスに自分の尖がった頭を打ちつけて大きな傷を負ってもその行動を止めない。

ところが、何日もこれを繰り返しているうちに、カマスは徐々にその「採餌行動」をしなくなり、終いには餌への突進を止めてしまうという。

【実験2】

研究班はカマスが採餌行動をしなくなったことを確認したうえで、次の計画に従って真ん中のガラスの仕切りをそっと取り外し、カマスがいつでも小魚に食らいつけるという状態にしてやる。ところが予想通り、カマスは空腹なはずなのに小魚に襲い掛かろうとはしない。そして、目の前にいる餌を獲らないままついには餓死していく個体が現れ、最後にはほとんどのカマスが餓死してしまったという。

この実験で分かったことは、カマスは餌をとるという本能的な行動が完全に遮断され続けたことで、目の前の餌は食うことができないものだということを体験的に「学習」してしまったということだ。

大企業の先輩がこの実験を通して新人たちに伝えたかったこと、それは、「企業人として安易に不可能を決め込んではならないこと」、「周囲の動きや常識といわれるものを鵜呑みにしてはならないこと」、「前例依存に陥ってはならないこと」などだった。

新人として持ち前の柔軟な発想で会社や時代をリードする気概、斬新な発想で旧弊を改める気概を持てというメッセージが『カマス人間になるな！』という戒めの骨子だ。それを大掛かりで周到な実験を通して印象付けようとした気迫からは、優れた企業人を育てようとの心意気がビシッと伝わってくる。

考えてみると、企業に入ったフレッシュマンにそのような教育が必要だということは、新人ゆえに周りのあり方に簡単に影響を受け、問題意識が曖昧になるという危惧があるからだ。

この「カマス人間」の話はかつて東京の研究会で聴いた経団連の方の講演だ。当時、高校で進路指導を担当していた私は、生徒の気概に大きな物足りなさを感じていた。自らの可能性を試すということを厭い、こぢんまりとした自分の居場所が確保されればそれで良しとする。周りの様子に自分を合わせることだけに汲々とする生徒を発奮させるのにこの「カマス人間になるな」は重要な警句となることに気づいた。

進路相談にやってくる生徒に向かって、「これやってみたらどうだ？」とか、「こっちの進路もお前さんには向いていそうだぞ！」などと大まかな根拠をあげて語りかけることがある。こちらは真面目なつもりなのだが、生徒の方は案外アッケラカンとして「ムリです、ムリです！」、「ムカシは考えたこともあったけど、ムリです！」との反応。少しは謙遜の気持ちもあるのだろうが、消極的であることには変わりがない。すかさず、「ムカシっていつの昔だ？江戸末期か、明治初期か？」と応ずると、ちょっとハッとするようだが、今の自分には難しそうだと感ずると簡単には話に乗ってこようとはしない。

次いで発せられる言葉が問題だ。「うちの学校からはムリでしょう？」、「誰もそこへ受かった人いないでしょう？」とくる。これでは完全に「カマス」だ。しかも、「老成したカマス」だ。自分から透明なガラス板の囲いに逃げ込んでいる。つまらない世間体のようなものが高校生の内奥までを縛り上げていることに唖然とする。

即ち、彼ら、彼女らに言わせれば「ムカシ」の結果としての失敗や挫折がそのまま経験則になってしまって、それ以上は自分には無理なのだと決め込んでいるのだ。「戦う前の撤退」、「試行の前の撤退」で折り合いをつけようとする。

自らに自信が持てないので、友人や周囲の雰囲気への無自覚な依存や、軽薄な流行への無際限な同化が始まる。

問いたいのはこのことだ。自分を取り巻く楽で心地の良い環境に合わせて自分のあり方を決めようとする。それは周りを見ているだけで最も大切なはずの自分を見ていない姿だ。若者の場合は、目指すことがらのほとんどが「未経験」なので、いつ、何を、どのように、どの程度やらねばならないかということについては確たる自信がもてない。

人生経験に勝る親や教師が心配して、そのつど指摘しても、その指摘が一般論に留まる限り、生徒自身の意識や感覚を揺さぶることはできない。また、親や教師が経験した時代と今の生徒が遭遇している時代には、教育環境、社会環境、価値観等の点で大きなギャップがあるので、指摘された事の重大さを実感できず、受け流してしまうことが多い。

そもそも、人生には失敗がつきものなのに、世の中には失敗は「悪」、成功は「善」という短絡的な評価が今も大手を振っている。野次馬（やじうま）はその次元で騒ぎ立てる。それに反応しすぎることで終わるのはつまらない。世の中には「常に成功」、「常に失敗」はあり得ない。それがあるとすればその成功は本物の成功ではなく、その失敗は失敗に学んでいないというだけのことだ。

人間はいつも岐路に立って生きている。カマスが仕切りのガラスを認識できなかったように、我々も、「ガラス」に相当するような様々な「障害物」に取り囲まれている。ところが、実は、その「障害物」こそが自分自身の中に作り上げられた「思い込み」という「ガラス」なのだ。安易に「不可能」を決め込んで、ある意味では達観したような面持ちを装ったり、安直で価値の低い次元に埋没してそのことに気付かなかったりすれば焦りを感ずることもなく、不足感に苛(さいな)まれることもない。それは典型的な「カマス人間」の生き方だ。今、生徒たちに期待するのは、「カマス人間」ではなく瑞々(みずみず)しい感覚をもった「人間」になってほしいということだ。

われわれが生きている世界は、ガラスで仕切られた「水槽」ではないのだから。

第三章

1　八咫烏とAGIPの黒犬

記紀の神話で、神武天皇の東征の折、熊野から大和に入る険しい道の先導をしたという大烏が八咫烏だ。中国の神話では太陽の中にいる三本脚のカラスということになっている。この八咫烏は日本サッカー協会のシンボルマークだ。サッカーは二本の脚より三本の脚で戦った方が有利だからという理由で決まったわけではない。日本に初めて近代サッカーを紹介した先覚者に中村覚之助という人がいる。彼は和歌山県出身で高等師範の学生だった1900年代初頭に、近代サッカーを日本に初めて紹介し、普及に努めた人だ。その功績を讃えて、その人の出身地、那智勝浦にある熊野那智大社の象徴である八咫烏を日本サッカー協会のデザインに取り入れたものだ。

私の友人で、宮内庁に勤務のかたわら大学で教鞭をとっていたS君という人がいる。その彼の父君がかつて那智大社の「権宮司」だった関係で、彼も高校時代までこの那智勝浦で過ごした。高校のクラスメートには芥川賞作家の中上健次もいて面白い話題を語ってくれたが、今回はそのことではない。

そのＳ君から面白い話を聞いたことがある。那智大社では一月の「若水汲（わかみずくみ）」と、七月十四日の「火祭」の時には、権宮司が「烏帽（からすぼう）」をかぶって神事にご奉仕するというのだ。これは普通の「烏帽子（えぼし）」ではない。カラスの頭部を縫いぐるみ状にして、中に綿を詰めた帽子をかぶるのだという。色はもちろん黒。これこそ八咫烏の面目躍如というところだ。

最近、その友人Ｓ君の同級生が熊野那智大社の権宮司に就任したとのことで、この「烏帽」を被って祭典にご奉仕している写真を送ってくれた。神職の服装ながら、頭には烏の縫いぐるみが載っかっているようにも見えて、何となくユーモラスな雰囲気だった。

サッカースタジアムのポールに翩翻（へんぽん）とひるがえる三本脚の八咫烏、その存在感は格別だ。一本の脚でボールを上からガシッと掴（つか）んでいるさまは実に頼もしく、その個性豊かなシンボルマークは強く人を引きつける。神話を象徴として用いるのは、西洋のエンブレムにも通じるものがあって存在感も抜群。

さて、三本脚に続いて次は六本脚の話。

イタリアにＡＧＩＰ（アジップ）という石油会社があった（２００３年以降は親会社Ｅｎｉ（エニ）の社名に変更したがシンボルマークはそのまま）。正式にはイタリア石油公団という名前で国内だけではなく近隣諸国にも展開していた。

この会社のマーク「火を吐く六本脚の黒犬」も大人気だ。「火を吐く犬」と「六本脚」の意外さが人目をひくのはもちろんだが、私には、世界的な大企業がそのマークの採用に至るまでのあまり知られていないエピソードへの共感があった。鮮やかな黄色を背景に真っ黒な六本脚の犬が口から火を吐くという構図の看板は遠目にもAGIPのガソリンスタンドを際立たせた。

そのマークのデザインは、ボブ・ノールダというオランダのデザイナーの作品だというが、原画を描いたのは実在の足の不自由な子どもだったという。その子は、周りの子どもたちは元気に飛んだり跳ねたり走り回ったりして遊ぶのに、自分にはそれができない。自分もみんなと一緒に走り回りたいという強い願いをこの黒犬に託して描いたのだ。「六本脚」にしたのは、速く、力強く、遠くまで走る力を、「口から吐く赤い炎」は溢れる元気を表したものだという（一説には、六本脚は自動車の四輪とそれに乗るドライバーの脚の合計だともいわれたりするが、この会社はカーレースなどで使われる高級ブランドのエンジンオイルを生産していることを考えれば、後付けの宣伝文句のようで私は採用しない）。

この足の不自由な子どもの逸話は、ある航空会社のチーフパーサーだった人から聞いたもので、以来、そのシンボルマークは私には忘れられないものになった。実際にその看板を見たのは二十歳台の終わりごろ、アルプス山中の間道を通っていたときだ。目に入った鮮やかなガソリンスタンドの看板の物語性に惹かれて思わず写真に収めた。

一般に、幼児や子どもの絵には大人の常識を超えた表現の魅力がある。画用紙いっぱいに描かれた絵は構図やバランスは気にせず、直感で一気に描き上げる。動物を描くとき、ほとんどの場合は頭、目、口がやたらに大きい。その部分に意識が集中している証拠だ。まるで子どもとその動物の間に魂の交感が行われているかのようだ。だから、常識に囚（とら）われる大人の絵をはるかに凌駕（りょうが）する。天真爛漫（てんしんらんまん）な直感の迫力だ。

ＡＧＩＰのロゴの募集に原画を描いて応募した足の不自由なその子は見事に採用され、大変なご褒美を手にすることができたという。自分の願いを率直に描き切ったことに大きな賛辞を贈りたいエピソードだ。

ここで八咫烏と黒犬を取り上げたのは、ともに黒色だったからではない。サッカーの先覚者を讃えるための手法と、自分の叶わぬ夢を絵に託した作品を採用した見識への共感があったからだ。いずれも熱いロマンチシズムに貫かれていて小気味好いものだった。

2 言削ぎ

「言削ぎ」とは言葉を簡略化するとか、意識的に単純明快な表現を用いるという意味だ。鎌倉の建長寺の管長、吉田正道師の挨拶を聞いて、その飾らない表現に魅了された。直截な真意がすっと心に沁み込む。それをきっかけに、言葉の飾りを削ぐことの凄さに思い至った。それは表現だけのことではなく、心の在りようから生まれるのだ。ここでは心身の穢れを削ぎ落とす「禊」と関連付けて話を進めたい。

信州伊那谷の村々を舞台に繰り広げられる真冬の「霜月祭り」の頃に、遠山郷へ何度か民俗調査に出かけたことがある。夜が明けるまで湯立て神事が延々と続く。幾つかの釜の湯が煮えたぎる斎庭（神事を行うために祓い清められた場所）で神々の「面」をつけた村人たちが神々にとり憑かれたように舞う。次の出番を待つ人々が下帯一本で南アルプスから流れ出る夜の谷川に入って「禊」をする。

「禊」とは自身が犯した罪や穢れを洗い落とし、心身を清浄にすることで、神道では「禊」、仏教、修験道などでは「水垢離」や「水行」という。重要な神事や仏事などを執り行う前に、滝や川や海の冷水などで心身を洗い清め、日常の「垢離」を取る修行の一つだ。伊那谷の上村の祭りでみた真夜中の禊は寒いからといって途中を端折ったりしない本格的なものだった。吐く息が白いのはもちろん、耳も鼻も手も痛いほどにキリキリと冷え込んだ旧暦霜月の夜、下帯(したおび)一本で川に入って行われる禊。川からあがってきた濡れた肌は篝火(かがりび)に照らされて気合で真っ赤になり、小石がペタペタくっつくほどの冷気だった。

この「禊」と表題の「言削ぎ」とは直接の関係はないが、強(し)いて共通点を探れば「削(そ)ぎ落とす」ということか。その表現には「払い落とす」とか「洗い流す」という穏やかな感覚ではなく、強い信念のもとに高みに達しようという精神の昂(たか)まりがある。

さて、最近の日常的な物言いでのオーバーな用語や表現が気になる。過度な敬語も然(しか)り。その語や表現でなければ用をなさないという場合は別として、ほとんどの場合、人は「難解な表現」「知的な表現」「流行(はや)りの表現」「一般には未だ馴染まない外国語」を使うことに汲々としているようだ。世間ではそのような表現を凄(すご)いとか巧(うま)いなどと讃(たた)える風潮がある。「失念(しつねん)」と「物忘れ」にどれ程の差があるというのだろうか。素朴で簡潔な表現は幼稚だと思うのだろうか。

簡潔明瞭で平易な表現に徹するのは至難のことだ。表現者自らが表現意図と表現内容を十分に弁(わきま)えていることが前提になる。それをできる限り平易に表現するのだから、借り物の名言や名文を駆使して冗長的(じょうちょうてき)に飾ることよりもはるかに難しい。

信念や思考の確かさと、それを過不足なく、しかも、どんな相手にでも分かるように伝えるためには厳しい学習や鍛錬(たんれん)が必要だ。表現を「削ぐ」という営みの難しさは、原稿用紙四〇〇字、八〇〇字よりも二〇〇字にまとめる方が苦しいことで誰もが納得できるはず。そもそも「言葉」（単語）には固有の意味があり、それを使って個人の考えや心情を伝えようとするのだから、言葉とそれを使う人の思いの程がピタリと一致するとは限らない。言葉には普遍的な意味があり、それを使う個人の思いとの間には微妙な差異が存在するはずだ。多くの類義語の存在からもそのことが納得できるはず。

「言葉選びが巧くいった」とか「表現が巧い」などと思っても、厳密にいえば出来合いの言葉の意味やニュアンスを借りているに過ぎず、名言名句を引用して我が意を得たりと思うのは思い込みでしかない。

作文、手紙、挨拶状、スピーチ、各種のプレゼンテーション、その他何であれ、日常とは違った改まったもの言いをするときは、無難に、できれば上手に仕上げたいと思うのが人情だ。祝賀会などの会合へ出向くとき、特にドレスコードが決まっているわけでもないのになんとなくセミフォーマルやフォーマルを選びたくなるのと同じで、個人の表現も「着飾る」方向に奔りやすい。その方が楽なのだ。だからと言って、常套的な表現の羅列や、取って付けたような格言などがポンポンと飛び出すと、銭湯へ出かけるのに羽織袴で出かけるようなもので、その場では安直な知識の披露はできたと思っても、受け止める側の心に残るのは違和感だけだ。

ここで、「表現を削る」ことの凄さを実感した冒頭の建長寺管長の場面に戻る。

鎌倉の建長寺で執り行われた北条時頼公七五〇年御遠忌に参列した賓客は式後に同寺の得

月楼に招かれ、座敷でお茶を頂いて寛いだ。その時、たくさんの正装した僧侶たちが整然と音もなく進んできて板敷きの廊下に直に着座した。修行僧たちが毎日の作務で磨き上げた黒光りする廊下だ。

客を迎えるための所作とはいえ、今しがた、御遠忌で「行道」（僧侶が列を作って読経しながら本堂や仏堂の周りを回って供養や拝礼をすること）の大役を果たした高僧たちが板の間に直に座るとは。しかも、その座は外と内を隔てる障子一枚で仕切られ、その腰板は長い年月を経て乾燥しきっているのか、板の継ぎ目からは秋の日差しが何条にもなって差し込んでいる。冬は冷たい外気が入り込んで斬るような冷気に晒されるのだろうか。堂宇の重厚さに較べてみごとなまでに質素なたたずまいだ。

僧侶たちが端然と座る中に管長の老師が現れ、大勢の高僧たちを従える形で同じ板の間の真ん中に着座した。その所作にも寸分の無駄がない。一段低いところから、高座に座るわれわれに向かって静かに謝辞が述べられた。

政治家の演説、社長、学長、校長の式辞や講話など、そのいずれもが表現に工夫を凝らすのが常だ。格調の高さを狙いたくなる心情もわかる。ところが、管長の挨拶は修辞などの「余分」が綺麗に削ぎ落とされていて、語彙も入念に吟味されている。それ故に、その直截な表現がかえって心に迫る。言葉の飾りを削ぎ落としてなお心を打つというのは厳しい修行から生まれた一つの境地なのだろう。

私の当初の予想では、大本山建長寺のトップとしての格式に加え、禅僧ゆえに禅問答の高邁な境地などを踏まえた格調の高い挨拶になるのだろうと思ったのだが、それはみごとに外れた。飾りを取り去ってなお心を打つのが名言なのだ。「もの言い」は結局はその人自身を語るということなのだ。

子どもの頃、私が嫌いだった宿題は夏休みや冬休みの「作文」「感想文」「日記」の類だった。いつもギリギリまで後回しにし、間に合わずに泣きべそをかくのが常だった。成長してからの「レポート」「論文」「卒論」、これらも推して知るべし。

われわれは小さいときから良い文章の書き方を教わっているはずなのに、「良い」の意味を取り違えて今に至っているようだ。「難語」「漢語」「外国語」「流行語」「四字熟語」「常套句」などなど、手当たり次第に取り込んで、本人はそれで意気揚々だが、表現のバランスが崩れて珍妙な文章に仕上がっていることにはなかなか気づかない。

近所のお婆さんがやってきて、縁側に腰をおろして世間話に興じている時に、カフェ・ラテやイタリア料理の一品をふるまったとしたらどうだろうか。これは極端な喩えだが、これに類するような場違いなもの言いが氾濫し、しかも、それがあたかも理知的でもあるかのようにもてはやされる。不必要なまでにテンションが上がった表現も落ち着かない。英語では over-representation と言うらしい。縁側のお婆さんの場面にはお茶と漬け物、それにお饅頭などがよく似合う。そうなれば、その場の雰囲気は言わずもがなだ。

何かを表現しようとする時はまず、「借り物探し」に奔走（ほんそう）しようとする自分を戒め、自分が伝えたいと思っていることの「核心」を確かめることだ。素朴で訥々（とつとつ）とした言葉の方が相手の心にすんなりと受け入れられることは請け合（う）いだ。気張（きば）った特別な用語や滔々（とうとう）とまくしたてる「立（た）て板（いた）に水（みず）」や「油紙（あぶらがみ）に火（ひ）」のようなのべつ幕なしよりもはるかに心に響く。平易な表現を軽んずる風潮をこそ削ぎ落とすことが肝心（かんじん）だ。

知識も経験も良く生きるためのもの。しかし、良く生きるために難しい表現（もの言い）が必ずしも必要な訳ではない。高邁な精神の識者が、言削（ことそ）いで語るところに大きな感銘や共感が伝わるのだ。多言や美辞麗句は表面をなぞるだけで感動には繋がりにくいものだ。

3 「野菜澤山」

北条時頼公の七五〇年御遠忌の荘厳な法要が終わった後、出齋（昼食）の席に案内されて一息つくことになった。大本山の仏殿を出て石畳を進み、客殿建築で有名な得月楼に入った。大広間に向かう途中、廊下の鴨居に何枚かの寄進札が貼られていて、その中にある「野菜澤山」というのに目がとまった。とっさに、前日の晩に行われた鎌倉市内のレストランでのレセプションが蘇った。

時頼公廻国伝説にゆかりの関係者だけが招かれたこの内輪の席には、建長寺側からは宗務総長や能行者（約七三〇年前に中国から来日した禅僧の末裔で、今も建長寺の諸行事を司っている方）などの重鎮や学芸員、研究員の方々が出席しており、人気の「鎌倉野菜」のフレンチが振る舞われたからだ。

でも、どう考えてもここは禅寺。「フレンチ野菜」は不似合いだ。しかも、それが「澤山」ではなおさらだ。「澤山」の表記も表現もおもしろい。分量は少なくはないのだろうから「たくさん」なのだろうが、具体的に「何々」を「何箱」とか「何袋」としていないのがいい。昔から使い慣らしている表現そのままなのだろう。そこにはある種の節度が感じられた。

建長寺ではたくさんの雲水が修行に明け暮れている。毎日の精進料理に使う野菜の量は莫大なものなのだろう。とすれば、寄進札の「澤山」が最も理に適った表現だ。その素朴な表現が気に入った。寄進者は修行に役立てて欲しいと願って寄進するのだから、その行為そのものが尊いのであって野菜の種類や分量を敢えて書かないのも一つの節操だ。

実は、後で気づいたのだが、修行の雲水たちが日頃食べているのは「野菜澤山」というイメージの精進料理からはほど遠いものだった。野菜澤山は澤山の野菜を食べるのではなく、澤山の野菜を澤山の修行僧が食べるということで、実際には一人の僧が僅かの野菜で凌ぎながら生きるという修行の一環の粗食だったのだ。質素なお粥に沢庵や、麦飯に一汁と漬け物などが命を繋ぐ最低限の「糧」だとすれば、寄進札の「野菜澤山」の持つ意味がとてつもなく大きいということをあらためて知った。

托鉢に回る雲水の姿を鎌倉市内で見かけたことがある。網代笠をかぶり、墨染めの衣に「建長僧堂」と書かれた頭陀袋を胸元に下げ、素足に草鞋ばきだった。一日の修行は夜明け前から始まるという。座禅、勤行、無言のままでの作務（掃除）、托鉢とつづく。

二十一時の消灯。その後は零時から一時にかけての「夜座」（修行者が深夜に個人で行う座禅）が控えている。その一連の修行を粥と沢庵、麦飯と味噌汁と漬け物などの質素な食事で乗り切る。慣れるまでは托鉢中に眠気に襲われ、姿勢を崩してしまうこともあるとか。禅寺特有の工夫を凝らしたおいしい精進料理さえも修行とは無縁のように感ぜられた。

寄進と宗教活動は不可分の関係だ。基本的に寺社は寄進無くしては成り立たない。寺社の調度や祭具、建築の改修資材やその労力までもが寄進によって賄われてきた。お宮でもお寺でも日常的にそこを護る神職や僧侶が常駐している場合は、寄進によってその生活を支えるのが当然のことであった。

人が生きていく上で宗教は大切だが、宗教活動自体には生産力がないので、神職や僧侶は教えやあり方を説き、神様や仏様と参詣人の仲を取り持つことで人々を支えた。氏子や檀家はその教えをもとに寄進によって神職や僧侶を支えるという形である。「野菜澤山」は寄進の原形を思い起こさせてくれた。

さて、出齋のために案内された座敷には緋毛氈の上に座布団が敷かれ、招待者の氏名が書かれた紙がきちんと置かれていた。墨染めの衣に黒く太い帯を締め、無言のまま足早に給仕する若い修行僧たちの雰囲気との違いが際だって妙だ。大本山建長寺管長の老師の挨拶で始まった「御接待」だが、そのことばと所作には禅を極めた高僧なればこそとの感銘を受けた。

さて、建長汁とは「けんちん汁」のことで鎌倉の建長寺から始まったという説がある。座敷での茶菓の後はいよいよ本格的な精進料理である。「精進」とは一つのこと（修行）に精神を集中して一生懸命に努力することをいうが、料理の面からもその精神を追求しようとしたのが精進料理で、鎌倉時代の禅宗の流入がこの料理の発達をもたらしたといわれる。

一般に「けんちん汁」は和食の汁物の定番としてよく知られるが、そもそもは中国の禅僧が伝えた「普茶料理」（中国風の精進料理）だという。日本で初めて作ったのが鎌倉の建長寺なので、「建長寺汁」が訛って「けんちょう汁」から「けんちん汁」になったというのである。建長寺の開山、蘭渓道隆が形が崩れてしまった豆腐と野菜を煮込んで作った汁物がルーツだともいう。野菜はヘルシーで健康志向の旗印として重宝されるが、精進料理にはそれとは別に宗教的な意味での存在価値がある。魚や獣肉を用いないのは殺生を禁ずる仏教の戒律による。

修行に関する禁忌は他にも厳しいものがある。「不許葷酒入山門」（葷酒山門に入るを許さず）もその一つだ。禅寺の脇の戒壇石（境界石ともいう）に漢文で刻まれている文言だ。それは修行僧たちの修行を妨げ、心を乱す不浄な葷酒を持ち込むことや、それらを口にした者が境内に入ることを許さないという戒めだ。「葷」は韮、大蒜、葱、辣韮、生姜など。刺激性が強く臭気があり、煩悩を刺激し、禁欲に不適とされるので酒と同様に仏教の出家修行者にとっては禁忌なのだ。

最近の食レポなどでは、形容詞や形容動詞一語で語り尽くされることが多い。「おいッひぃ〜ッ！」がそれ。食べ物を口に運ぶやいなや、ほとんど咀嚼もしないうち、まだ食べ物が口に入ったまま義務的に（と感じられるように）発せられる誇張表現、短絡表現、サービス表現はちょっと聞き飽きた。個人の感覚（味覚だけではなく）はもっと千差万別なのだ。

世代や地域の違いが独特な味覚を伝えていることがある。そこに共通するのは伝統ともいえる「工夫」だ。豪華とはいえない食材をどのように魅力ある料理に仕上げるかという工夫があるということだ。

イタリアのジェノヴァの山間の村で自家製の食材を用いたマンマのスローフードをご馳走になったことがある。各種の食材はもちろん、ワインもチーズもオリーブオイルも自家製だった。アグリツーリズムを目指すその家庭の料理には「工夫」という味が濃厚に詰まっていて絶品だった。

日本の最近の料理番組についていえば、意外な食材の発見やレシピの手軽な紹介など、新しい味覚への挑戦意欲を喚起してくれて有り難い面もあるが、概ね番組の構成や編集はまるでハンコで押したようで、「これはどうだ」、「これでもか」という雰囲気で落ち着きがない。

特に美味を紹介する際の演出には安易で陳腐（ちんぷ）なものを感じる。食感や食味を「柔らかい！」、「ふわッふわッ！」、「ぷりっぷり！」、「とろける」、などの一語で片付ける。しかも、満身の感激の表情で意外性を最大限に強調して叫ぶ。食べ物を口に入れたまま叫ぶから「おいッひぃ〜ッ！」になる。これでは逆効果だ。オーバーアクションは真実味に欠けるということは誰もが織り込み済みだ。たった一言で視聴者の歓心（かんしん）を買うような紋切り型の演出や演技はそろそろ卒業したいもの。そんなにおいしいなら一語で片付けずにもう少し豊かに表現したらどうだろうか。

美味しいものを食うことが最終目的化されているようだ。世間では「生活する」ことを「飯を食う」などというが、その意味するところはもっと崇高な次元だ。料理番組の流行は、安易な番組作りが可能で、視聴者を惹きつけやすいからかなど勘繰りたくもなる。

少し大袈裟に言えば、番組の制作者側（出演者も含む）と視聴者側に共通する「食事観」の貧しさがあるようでそれが気になる。どんなに素朴な食材でも安価な食材でも料理に向かう姿勢、食事の場を支配してきたしきたりのような空気が食事を豊かなものにするはずなのだが。それができにくくなっているのは生活様式の変化とは別の話だ。

平安時代には本当においしくても「美味しい」とか「旨（うま）い」ということを口に出すことは品性に欠けることとして憚（はばか）られたという。これもまた極端だが、現代の表面的で過剰なまでの食味表現には食事のもつ本来的な意味づけが見失われているような気がする。個人的な好き嫌いがあっても、相手への配慮から旨いといわざるを得ない場合もある。そのようなことも含めて、食べ物や食べ方にはもう少し落ち着きがあったほうが良い。たとえば、初物（はつもの）ゆえに味は今ひとつでも、それを愛（め）でて有り難がったのは過去のことになった。便利な生産や流通のお陰だが、食事の掟ともいうべき大切なものを置き忘れて良いということにはならない。

年中を通じて、その折々に食卓を飾った素朴な料理があった。それは単なる食べ物ではなくそれぞれに意味をもち、願いをもった料理だった。そして、何よりも、その料理を前にしたときの姿勢には格別なものがあった。食事番組もそろそろ次のステージに成長する時を迎えているようだ。

寄進札（きしんふだ）の「野菜澤山」は有名な「建長汁」（けんちん汁）のためのたっぷりの野菜だと思っ

たのは間違いで、もっと厳しい修行僧たちの一汁一菜を支える命の食材だったのだ。宗教と食文化の結びつきである精進料理には最近流行り(はや)の「おいッひぃ〜ッ文化」とは大きく違ったどっしりとした意味と味わいがある。修行と日常を単純に比較することにはあまり意味はないのかもしれないが、自分の日常の食生活を省みるうえでは大いに意味がありそうだ。

本場の精進料理をいただいて、その味わい深さに魅了された。「美味しい!」という言葉だけでは全く実際を表し得ないことに気づいた。その次元を超えた「満腹感」に加えて「充足感」を存分に味わうことができたのは有り難いことだった。

4 喫茶去

◆明月院へ

「喫茶去」という言葉を知ったのは鎌倉の明月院でのこと。茶の湯の世界で「茶掛」として尊ばれるというこの言葉もそれらの道に疎い私には初耳だった。

北条時頼公のお墓はこの明月院にある。

谷戸とよばれる谷の奥まったところにあるこの禅宗のお寺は質素で静謐な佇まいだ。鎌倉時代からの参拝者ですり減った石段の趣はそれだけで長い時の流れを思わせる。参道両側の紫陽花が美しいことから、紫陽花寺として親しまれるこの寺は、草花と一緒に成仏するという禅の世界を表現するような花の寺でもある。

佇まいのみごとさに魅せられてカメラを取り出した。ところが、控えめながら「撮影禁止」の立て札が目に入り撮影を止めた。それを知ったご住職は、どうぞどうぞと撮影を勧めてくれた。「写真を商売に使う連中が勝手に撮りまくるので立て札を立てたままでです」とのこと。

このお寺に着いたのは予定をだいぶ過ぎていたので少し恐縮して着座した。ご住職自らがお茶を振る舞いながら、「難しい話は抜きにして、まあお茶でも召し上がれ。お平らに、お楽にどうぞ」とのこと。そこで出た言葉が「喫茶去」だ。その言葉で座はふっと和やかな空気に変わったのは不思議なことだった。

そもそも、「喫茶去」とは禅問答から生まれた「禅語」だ。人への対応にあたっては貧富貴賤を択ばず客の誰にでも真心をもって、「先ずは、お茶を一服如何ですか」とか「どうぞお茶でも召し上がってから」という心で接することの大切さを説いたものだ。

人はともすれば相手の立場に合わせて応接のしかたを変えなければと考える。粗相があってはならぬという配慮からなのだが、それが自然な振る舞いではないということが問題らしい。「作為」は本当の在り方ではないというのだ。そのような「分別」を全て取り除いて、誰に対しても分け隔てなく真心で接することの尊さを説いたのがこの「喫茶去」なのだ。

お茶を振る舞う時はそのお茶のことだけに専念し、他の事（相手の地位や話題などへのこだわりや世間体など）に心を向けることはしない。お茶というその一事に真心で接するという境地が尊いという考え。これはお茶の席に限らず、日常の自らを省み、心の在りようを確かめるうえでも貴重な考え方だ。

◆ご住職

ご住職は丹後（京都府峰山）のご出身の高僧である。花園天皇の開基といわれる日本最大の禅寺、京都の右京区花園にある臨済宗妙心寺で修行を積まれた方だ。そのお人柄は禅僧としての識見の豊かさや端然とした立ち居振る舞いもさることながら、その静かな語り口はユーモアに溢れ、人を魅了して止まない。

　明月院の本堂にある「丸窓」は「悟りの窓」といわれて人気がある。その丸窓を通して庭を眺め、幻想的な日本の四季の移ろいを感じ取ることができることでも有名だ。その隣には往古の趣を残す落ち着いた座敷があって、そこからも庭園を眺めることができる。

　その座敷に案内され、ご住職からお茶の接待を受けた。さすがに禅寺らしく「喫茶去」の心づもりで事がはこばれた。

　同行の新潟県十日町市在住の夫妻から、新潟市の老舗の和菓子屋には「喫茶去」という名のお菓子があるという話題が飛びだし、ひとしきり「喫茶去」に花が咲いた。この夫妻の家には北条時頼公が廻国のために同家に逗留した際、お礼に置いていった「水差し」が今も家宝として残っているということだった。

　ご住職の話は市井の身近なものばかりだったが、後で思い起こせばそれぞれに含蓄のある話だったことに気づいた。

◆ノラたちと座敷犬

お茶と饅頭をいただきながら、ふと庭園に目をやると白い猫が飛び石伝いに行ったり来たり。ご住職は「おう、また来とるな、どこかのノラ！」とポツリと一言。住職もノラも互いに存在を認め合っているという様子で、特に干渉するふうでもない。出会っても目を向けるでもなく、声をかけるでもない。「お好きにどうぞ」というようなあんばいだ。

間もなく屋根の上をドサドサと走り回る禅寺には全く不似合いな音。姿は見えない。一瞬、津軽の我が家の屋根を走り回るニホンザルを思ったが、この鎌倉ではまさかと思っていたら、「台湾（たいわん）リス」だという。特定外来生物に指定されている台湾リスは屋根から木の枝へ跳び、すかさず枝から幹を猛スピードで垂直に走り降りる。その迫力は半端ではない。我が家の庭に顔を出すかわいい「ジリス」の十倍以上はありそうなゴロンとしたリスで尾も長くて動きがふてぶてしい。生命力に溢れた風貌で、絵本で見る愛らしいリスとはお世辞にも言えない。

ご住職はすっかりあきらめ顔。「寺で小鳥のために屋根付きの餌台（えさだい）を設（しつら）えてますが、それを全部平らげるのがあいつです」とのこと。歴史的な景観に騒動をもたらす「招かれざる客」もよほどのことがないかぎり追い払ったりはしないようだ。

そうこうしていると、お茶の席に突如仔犬が現れた。ご住職が飼っている白い犬で、犬種はシーズーとのこと。こともあろうにこの名刹明月院の座敷を犬が我が物顔で闊歩（かっぽ）するという予期せぬ出来事に唖然としながらも、場所と高僧と仔犬の組み合わせがいかにも意外で吹き出しそうになった。

ご住職も愛犬にしてやられたといった面持ちで「この犬は陰の住職です。ここではあの人（犬）の方が私より偉い『主』です」とにこにこ。接待の準備で屏風の奥に控えていらっしゃった奥方が慌てて何度も犬を呼び戻そうとするが『主』はわれ関せず。

犬好きのご住職は「わさお元気ですか。よほど愛嬌があるようですね」とのこと。わが郷里の人気犬までよくご存じで、これにも吃驚。この一言でご住職の犬好きはみごとに証明された。その間も「陰の住職」は座敷中をくまなく点検の様子。座って談笑する我々一人ひとりの膝元に寄ってきては「ご接待」を繰り返してくれた。

◆話題転々

さて、少し趣の違った話題もあったので、ここに記しておきたい。

この明月院は鎌倉幕府五代執権北条時頼公の菩提寺であることは既に述べたが、その時頼公の母君、松下禅尼のことにも話が及んだ。

障子の破れの切り貼りを母が自らやってみせて、将来世の中を動かすことになる息子の時頼に倹約の心得を説いたという逸話だ。その賢母ぶりは『徒然草』の「一八四段」として高校の古典の教材にもなっている。その禅尼の「倹約」の話題から、ご住職の入門当時の回顧談へと話が飛んだ。

京都の妙心寺では禅僧として徹底的に倹約を旨とする生活を学んだという。障子の破れはお布施（ふせ）を包んだ紙で補修し、金額が書かれてある部分もそのまま使ったという徹底ぶり。それは決してケチなのではなく修行僧たちの学習の一環として行われていたというのだ。妙心寺で当時ガラスが入っていたのは管長の部屋だけで、他は全て障子。冬は京都の底冷えがこたえたと手をさすりながら語る仕草は、無言のうちに難行苦行の厳しかったころを懐古されているようにも感じた。

また、尾籠（びろう）な話ながら、若い修行中のころの「肥汲み（こえく）」のことにも話が及んだ。妙心寺には多くの修行僧の食を満たすために広大な畑があるので、その肥料にするために若い僧たちは下肥（しもごえ）汲みや下肥運びの役目もあてがわれたという。

ある日、管長が「肥がよくできているかどうか舐（な）めてみろ」というので、そこまで徹底してやるものなのかと思って、指を入れてちょっと舐めたところ、「馬鹿者！」と大声で怒鳴られたという。管長いわく、「自分も若い頃に同じことを云われ、冗談とも知らず、人差し指で触ってはみたもののどうしても舐められず、隣の指を舐めてごまかしたのに」、「お前という奴は！」と大きな溜め息を漏らされたという。その溜め息には弟子に対する大きな愛情が込められていたことをずっと後になって知ったという。

その何日か後に、管長は京都市内の有名なレストランに連れて行って、「この小僧にタテとヨコの分からんような（ぶ厚い）ステーキを食わしてやってくれ！」といって腹一杯食わせてもらったとのこと。冗談を真に受け、それを実践した純朴さへの讃辞だったのだ。僅かばかりの精進料理に明け暮れる修行の身にとって、とてつもない出来事だったという述懐だ。

それを聞いてホロリとする気持ちになりながら、尾籠なハナシの中にも人間を作り上げる師弟関係の要諦が語られていたことに心打たれた。

ご住職は厳しい修行を極めた高僧だが、そのような雰囲気を微塵も感じさせないところに器の大きさと懐の深さがあった。穏やかな風貌で自らを包んでいる語り口や起居振舞の妙は高い境地を会得している証なのだ。まさに「喫茶去」を体現する生き方だ。

人は誰しも置かれた状況に強い影響を受けて生きる。自信が持てなければ作為を繰り返して自らを装いたくなる。心に「鎧」を着けると窮屈になってますます周りが見えにくくなる。そこからはまともな判断が生まれようがない。人は人生経験を重ねるにつれて鎧を脱ぐ算段をすることが肝心なのだ。

方丈での話に花が咲いて、予定の時間をはるかにオーバーしてしまった。丁重なお見送りをいただいて、参観者もいなくなって静まり返った山門を後に北鎌倉駅へ急いだ。

5 「鼬反顧」

鼬は図体は小さいが肉食で獰猛だ。夜間に人家に近寄って鶏などを襲うこともある。

冬、雪山の斜面にさらさらと新雪が積もった早朝、そこは生き物の足跡の宝庫だ。鼬の足跡は等間隔に点でも打ったようにほぼ一直線に続く。そこには本能的な生きる術が隠されているらしい。

また、動物の足跡とは思えないような痕跡も見つかることがある。新雪の斜面に太いチューブをくねらせたような溝の存在だ。どう考えても、それはコロコロ太った脚の短い小動物が雪面をラッセルしたような跡形にも見える。ところが、その溝が途中でパッと途切れている。雪の中へ潜り込んだ形跡もない。とすれば、雪上を右往左往しているうちに鷲か鷹にでも攫われたのか。そういう目で見れば確かに衝撃的な痕跡だ。

冬のある晴れた朝、その疑問がみごとに解けた。「犯人」は雉だった。雉が雪面を歩いて移動した跡だった。雉が雪の上を移動する様は水面に浮かぶ水鳥の恰好に似ているが動きに滑らかさがない。それは水と雪の違いだ。雉は自分の体重のために半分ほど雪に沈み込んでいる。だから雉の体型と同じ溝ができるのだ。足跡は自分の腹や尾で雪が均されて消えるのだろう。コロコロの小動物にこだわった自分の常識があえなく潰えた。

子どもの頃、深い雪の斜面をお尻をついて滑り降りた経験は雪国の子どもなら誰にでもある。ペンギンがヨチヨチ歩きをやめて、腹ばいになって雪面を進む映像もよく見る。人も鳥も動物もそれぞれ理に適った動きをしている。それを意外だと受けとめるのは人が固定観念に縛られているからだ。

さて、ここで取り上げたいのは冒頭の鼬(いたち)の足跡だ。それには「護身の術(ごしんのじゅつ)」が隠されているというのだ。肉食で気性の荒い鼬は採餌(さいじ)の場面では果敢に闘うのだろうが、日常の移動では前述のようにトボトボと、ほぼ真っ直ぐに歩く。そして、一定の距離を進むと一旦(いったん)立ち止まって後ろを振り返る。雪上の足跡からもその動きが見てとれる。これは鼬の本能によるものだという。他の生き物も振り返ることはあるだろうが、ここまで徹底した規則性はない。鼬はこれによって身近に迫る危険の有無を事前に確認しているのだ。人間はこの習性を「鼬反顧(いたちはんこ)」と名づけ、安全確認の規範として取り入れた。「反顧」とは後ろを振り返ること、または過去を顧(かえり)みることだ。鼬は護身のためにこの業(わざ)を身につけた。それは遥かな過去の鼬の先祖から代々にわたって刷り込まれたDNAによるものなのだろう。

この「鼬反顧」という言葉は先輩のHさんから聞いた話だ。Hさんの特技は四季を通じての山行(さんこう)と冬のスキーでアウトドアスポーツは万能。だからこの言葉は冬山での実体験から会得(えとく)したのだろうと思ったがそうではなかった。公務員の定年退職後に出向した臨海鉄道の会社で知ったという。その会社はターミナル駅から臨海工業地帯まで敷設された小さな鉄道会社で、社員の安全確認のため「鼬反顧」の励行を取り入れていたのだ。不注意や失敗を最小限に留めるのには「指差喚呼」とともに有効な手段だ。

規模の大小にかかわらず組織にあっては慣れや不注意からくる事故は後を絶たない。それを防ぐ心得を鼬の習性に学んだのはまさに慧眼。人にも動物にも危険を察知する能力が備わっている。ただ、それは常に一定ではない。幼、青、壮、老によっても違うだろう。特に、ＡＩなどに頼る昨今は個人の守備範囲が大幅に狭まり、機器に頼る度合いが急増している。

セーフティネットの充実は有り難いが、機械任せの感覚は人間が代々にわたって身につけてきた危険回避の本能を脆弱にしていないだろうか。安穏な生活は理想だが、それを超人的なシステムパワーだけに頼っていいものかどうか。安全を誇る我が国の高速交通や航空システムでもヒヤリとしたことは再三とか。Ｈ先輩が関わった臨海鉄道会社はそれとは対極にある規模の小さい会社ながら、今も安全確保の原点に向き合っているのは敬服に値する。

この「鼬反顧」はわれわれ自身の安全意識の喚起を促すにとどまらない。「反顧」は人間の生き方、あり方そのものの質を問い直すきっかけにもなり得る。個人、組織、社会、国家いずれにおいても、後ろを振り向き、過去を振り返ることは現在を見つめ、将来のあり方を決める大事な営みだ。鼬は危険を目敏く察知するために振り返る。人間は犯した失敗を顧みて先へ進む。これが本当の「反顧」の魅力だ。

スキーリフトやゴンドラで登るとき、話題の大半を占めるのはスキーの技術についてだ。でも、雪面に目をやると様々な生き物の足跡が目に入る。人前にはほとんど姿を見せないが、それぞれが交錯する姿が想像されて楽しい。

6 「ウンニャマー！」

津軽半島の中ほどを岩木川が津軽平野を潤しながら北へ流れ、半島の先にある十三湖を経て日本海へ注ぐ。その河口より少し上流に遡った辺りが旧武田村で、米作りを生業としている村だ（昭和の町村合併で中里村、武田村、薄市村が合併して中里町となり、その後、小泊村との合併により中泊町となる）。

ここからの話は中里町の武田出身のN先生にまつわる話だ。彼は公立高校の英語教師で、陸上競技の顧問としても鳴らした方だ。陸上競技の選手ではなかったが、専門の指導者には引けを取らない指導力があった。豪放磊落に爽やかさを加えた性格は生徒にも部員にも同僚にも人気があった。

彼が門外漢の陸上競技に関わったのにはそれなりの理由がある。彼の故郷は井沼清七という日本の短距離界を代表する選手を生んだ町だ。それゆえに地域の人たちにとって陸上競技は他人事ではないという雰囲気があり、そういう環境のなかで育ったからだ。

井沼は明治四十（一九〇七）年青森県北津軽郡中里村生まれで、早大競走部在籍中の昭和三（一九二八）年に第9回アムステルダムオリンピックへの出場を果たした人物だ。

井沼は当時、日本陸上界の花形だった織田幹雄（同大会で三段跳び金メダリスト）、南部忠平（後のロス五輪三段跳び金メダリスト）、西田修平（「友情のメダル」で知られる、後のベルリン五輪棒高跳び銀メダリスト）らそうそうたるメンバーと組んで400メートルリレーに出場し、第一走を任された男だ。このアムステルダムの大会では女子800メートル走で人見絹枝が銀メダルを獲得し、講道館柔道の創始者である嘉納治五郎も役員として同行している。

当時、井沼のスタートダッシュは抜群で、最初の50メートルでは当時「暁の超特急」ともてはやされた吉岡隆徳でさえも敵わなかったという。引退後は陸上競技の指導者となり、後に日本陸連の常務理事などを務めた方だ。

昭和初期の頃、青森県では郷土の英雄井沼清七への賛辞は絶大なものがあった。国の代表としてオリンピックに出るためにオランダまで行くなどは夢のまた夢。N先生の父親は井沼を評して「化け物のような人、神様、仏様の次にエライ人だ」と言い聞かせたという。

この中里村にも昔から村総出で運動会を楽しむ風習があった。学校の校庭へゴザを敷き、家族総出で陣取る。建前上は子や孫への応援なのだが、年に一回の運動会、しかも、仕事を休んで繰り出す親たちにとっては応援兼骨休めの酒盛りがつきもの。運動会はそっちのけ、手ぬぐいでの鉢巻きや頬かむりの姿で、父や祖父が知人を呼び込んではあちこちで盛り上がる。

井沼も子どもの頃はそのような雰囲気の中で走ったのだろう。どの種目も結果はダントツだったに違いない。太宰の小説『津軽』にも似たような場面が描かれている。帰郷した太宰が乳母のタケが嫁いだ十三湖の先にある小泊という村へ会いに生き、運動会の場面で再会を果たすくだりだ。

さて、井沼がオリンピック出場を果たしてからというもの、中里の運動会の雰囲気がちょっと変わったという。ピストルを鳴らす係（スターター）がすこし畏まって、今まで聞いたこともない言葉を発するようになったというのだ。「ウンニャマー！」、「ホンジャマー！」、「オンニャマー」などと聞こえたという。子どもたちはすぐその言葉の後に号砲が「バーン」と鳴ることを知っているので、意味などはどうでもよかった。そそくさと地面に引いた線に沿って今で言うスタンディングスタートのかっこうで身構える。その中には子どもだったN君もいる。N君がピストルの方へチラッと目をやると、何と！　今度の号砲係は父親だ！　その父は落ちついた大声で「ウンニャマー！」と叫び、すかさずバーンと号砲を鳴らした。

走り終わった後で、子どもたちが口々にウンニャマーの意味を言い合ったが分からずじまい。年かさの一人が「それじゃ、まあ、（行くか）！」という意味かなあと言ったが、他の子はだれも納得していなかったようだという。もしかしたら、スターター役の大人たちも意味は定かではないまま、単にモノマネで口走っていたのかもしれない。

ここで少しN君の父親に触れたい。米作り農家だ。夫婦で懸命に働くが、田んぼが狭かったので生活は貧しかった。やむなく、冬になると父は出稼ぎに上京したりしたが、長く続けようとはしなかったという。馬を一頭飼っていたので、ある年の冬は地元から離れず（出稼ぎに行かず）、冬は馬橇を、夏は荷車を引いて駄賃（馬による運び賃）を貰って何とか家計の足しにしたという。

当時の国鉄五能線五所川原駅から津軽平野を北上して、津軽中里駅までは津軽鉄道という私鉄が走っていた。今では当時そのままに車内でだるまストーブを焚く「ストーブ列車」が人気の路線だ。冬の猛吹雪は完全に視界を遮ってしまう地吹雪地帯だ。N君の住む武田村から最寄りの津軽鉄道の大沢内駅まではおよそ半里余り。地吹雪が猛り狂う中を角巻（東北地方の女性の防寒具で、大形で四角い毛布の肩掛け）にくるまって、目だけを出して進むのはあまりにも危険なので、父親は馬橇に囲いをつけ、風を防ぎながらの「乗り合い馬橇」を考案した。空も道も田んぼも横殴りの地吹雪で乳白一色になってしまうなか、長年の経験で武田村の富野から大沢内駅まで人や物を運び、駄賃をもらった。めでたい祝言があれば花嫁を運ぶこともあったし、夏場は馬のない農家に貸し出して、鋤を引かせたり、作物を運搬させたりして稼いだ。父親のその進取の気概ゆえに貧しいながらもN家には楽しい生活があった。

明治維新の頃に、日本へやってきたアメリカ人の高官モースは、日本の庶民の生活を評して、「日本人に貧乏人は存在するが、貧困は存在しない」と言ったという言葉が思い出される。

子どものN君はこの馬橇に乗って自分の村から外へ出てみたくて、馭者の父に隠れてこっそり後ろから乗り込み大沢内駅まで行ったとか。駅について、父親に見つかって叱られたが、どういうわけか、駅で饅頭を買ってくれたのがとても嬉しい思い出になっているという。

この話を持ち出したのは、当時、父親が出稼ぎの良し悪しについてポツリと語っていたということを聞いたからだ。そこには生業とは別に生き方を模索しながら生きた父親像がある。家庭のあるべき姿を真剣に考えていたのだ。

東京オリンピックが終わった翌年、昭和四十年にN君は郷里を出て大学生活を始めた。英文学の講読のテキストに、その頃は完全に忘れ去っていた言葉を発見した。"on your mark!"だ。これこそが「ウンニャマー」だったのだ！　発音も当たらずとはいえ遠からず。いや、むしろ、こちらの方がネイティブに近い発音だ！　N君は思いがけず旧知と出会ったような歓喜を覚えたという。

田舎のこぢんまりした素朴な運動会に、この言葉を持ち出した親たちの心意気に打たれたという。普段は標準語ともほとんど縁のない世界で、この言葉の意味も覚束ないまま発せられていたのは滑稽ではあるが、それ以上に郷土の英雄に対する尊崇の念を抱いて英語で号令を発した親たちの心の温かさに共感を覚える。

N君はその後N先生となり、国の支援を得てロンドンに近いコルチェスターという町のエセックス大学に学び、英文学や英語学に磨きをかけた。帰途、イタリアのモンテ・チェルビーノ（スイスではマッターホルン、イタリアではチェルビニアの谷から天を衝くように聳える山なのでこの名前がついている）の麓のチェルビニアで母親へのお土産に防寒靴を買った。冬の極寒をこれで凌いで欲しかったのだ。ゴム長靴は高齢ゆえに着脱に苦労し、足の冷たさに難儀していたので、思い切って革製でずん胴のムーンブーツを買った。かつて、雪道を踏み固めた太い藁靴(わらぐつ)を思い出したからだ。母は「温かい、温かい」といって大喜びだったとか。しかも、その靴は左右の区別がないので、ストンと足を入れることができる気軽なもので、イタリアの脚の長い女性たちに人気のキャメルカラーのブーツだった。

さて、再び "on your mark!" に話を戻そう。郷土の人たちが、敢えてこの表現を用いた気持ちについては既に触れた。井沼の快挙を称賛する気持ちがスターターの「世界標準の号令」を採用させたのだ。今なら、井沼の名前を冠した大会にでもするのだろうが、当時はまだその発想はなかった。井沼を郷土の誉れと讃える村人の控えめな矜持(きょうじ)が「ウンニャマー」を生んだのは大いに納得だ。

人はどこに住みどんな暮らしをしようとも、大なり小なり、その人らしい矜持を心に秘めているものだ。その意識の強弱がその人の生き方を方向付ける。願わくは「ウンニャマー」に象徴されるようなキラリと光るものを自分の中に抱えて生きることだ。光るものとは毎日の生活の中にある。それに気づくかどうかだけだ。人づくり、人助け、伝統継承などの中にも発見できる。不条理な世界であればあるほど、人生の中でそれらが大きな力を発揮してくれる。

最後に、余談を二つ。

ひとつは、井沼とともに走った南部忠平の長女、南部敦子(なんぶあつこ)さんのこと。彼女も戦後の日本を代表する名ランナーの一人だが、実はその敦子さんが陸上競技の指導のことで私の父の招聘(しょうへい)に応じて津軽へ来たことがある。講演や実技指導などを終えた後、関係者らと海岸の景勝地でお弁当を食べたことがある。南部敦子さんはにこやかですらりとした選手だったという記憶が蘇る。

もうひとつ、これも井沼と走った西田修平のこと。彼はこの本の「八咫烏（やたがらす）」の項で取り上げた私の友人S君とは和歌山の那智勝浦で同郷、高校は年代こそ違えども、同窓だったことに気づいた。著者と登場人物のつながりの他に、登場人物にも偶然のつながりがあったことは愉快なことだ。

7　シェルパの目、イヌイットの目

椎名誠の「日本のことばに諦念（ていねん）する」という文章を読んだ。世界各国を旅して、そこで見聞きした感想をエッセイに仕上げたものだ。「多すぎて見えない現象」だとか「多すぎて感じない現象」という事例が興味深く紹介されていた。ここでは、その多すぎて見えない現象を考えてみよう。

大自然の中で生きる人間の視力には並外れたものがある。普通の人には見えない遥か彼方の動物の動きや自然現象の変化が見えたりするという。そんな目の持ち主たちにも、見えすぎる（この場合は視力の問題ではなく、日常的な経験として見飽きている）ために心を動かさないものもある。それは、見ていないことと同じで認識していないということだ。

ネパールのシェルパやチベットの山岳遊牧民族は満天の「星」に感動しないという。この話は司馬遼太郎のゴビの砂漠の描写でも読んだ記憶があり、私の同僚（女性教員で、外語大在学中にモンゴルに魅せられて、ウランバートルの大学へ留学したことのある人）からもこのことを体験談として聞いたことがある。

また、モンゴルの草原遊牧民は見渡す限りの「エーデルワイス」の群生を見ても、誰もその花の名前すら知らなかったという。彼らには多すぎる「星」や「花」は当たり前なのだ。北極圏のイヌイットは海を覆う「流氷」に関心を示さないとか、南アメリカのアマゾン流域や熱帯性湿地帯パンタナールに暮らす人々は身近に「ワニ」が百匹くらいいても平気で生活しているなど、これも同じ理由で無関心なのだ。

たまにそれを見る人々には目を見張る現象でも、それを見慣れて暮らす人々には特に心が動かないのは納得だ。住宅街にひょっこり現れた一頭のカモシカ、川に紛れ込んだ一匹のアザラシの出現に大騒ぎになるのとは訳が違う。

もし自分が旅人として星や花やワニが「多すぎる」場所に居合わせたらどう反応するか。先ずは目を見開き、息をのんで声を失い、間髪を容れず、爆発的な歓声の連続。それがワニだったら「危険察知」・「警戒喚起」の大声の乱発だろう。目が痛くなるような満天の「星」、見渡す限り草原を覆い尽くす「花」、一面の「流氷」、ウヨウヨいる「ワニ」は私の日常の生活とは無縁なので、私には「多すぎて見えない現象、感じない現象」とは真逆(まぎゃく)の現象としてテンションが上がりっぱなしということになりそうだ。

振り返ってみると、自分自身にもこの種の「めったにない」に似たような体験が幾度かあった。それは非日常の大自然の中での体験ゆえ、自分が抱えていたネガティブな気持ちをリセットするきっかけとなったり、別次元へのリスタートを後押ししてくれたりした。それら一つひとつは今も自分史の中で鮮やかにページを飾っている。

高校の山岳部の冬山訓練に同行した時のこと、山頂付近の雪上に雪を固めて作ったブロックを積んで風除けにし、その中に設営した冬山用テントからわずかに頭を出して仰ぎ見た満天の星。光をギラギラ放つ色のついた星々に顔が押し潰されるような感覚。そしてキリキリと斬られるような外気に星の「芸術鑑賞」をそそくさと諦めて、毛糸の帽子を目深に被ったまま厚いシュラフのファスナーをしっかり閉じた。目を閉じても脳裏に焼き付いた星々はしばらくの間消えなかった。

夏にチロルのアールベルク峠にあるサン・クリストフにたどり着いた時、そこで見た足許から山裾まで延々と続く花々の群生。見渡す限り一面の「多すぎる花々」は「お花畑」という表現では言い尽くせず、「花の世界」か「花の宇宙」がピッタリの迫力だった。

また、冬の夜の日本海で鱸釣りに挑戦する友人N君のところへ、ポットに熱いコーヒーを入れて車で向かったときのこと。車を止めてライトを消して外へ出た。キリキリ冷え込んだ夜だが全く風のない不思議な夜だ。突然、空一面に淡い色彩を帯びてキラキラ輝く星雲のようなものが出現した。とっさに小さい頃にたった一回だけ冬の日本海の上に同じものを見た記憶が蘇った。傍でキャスティングしていた釣り人が、「カーテンになれないオーロラだ！」と叫んだ。条件が揃えば緯度が四〇度くらいでも淡いオーロラが出るものなのか今も半信半疑。N君とコーヒーをすすりながら天空に見とれた。

次は本物のオーロラのこと。一月の初め、アンカレッジに近づいた機内で、「ただ今、当機の右側に大きなオーロラが現れました！」という日本語のアナウンス。室内の灯りを遮るために膝掛けの毛布を持って非常口の窓に額をつけた。オーロラだ！　これがオーロラか！　直ちに言葉にはならない。乗客たちの期待に応えるように機長は機をぐるりと一周させて、反対側の席の人たちにも見せるという粋な計らいをしてくれた。シェパードという名前の機長だった。

さて、椎名誠はシェルパや遊牧民やイヌイットのように、日常の見慣れたものに反応を示さない例として、都会の人間の多さを取り上げ、現代の我々日本人が陥っている問題点として敷衍してみせた。

それは、電車の中で化粧をして何とも思わない行儀の悪い女性の例だ。人間が多すぎる。しかもその人間は自分と何らの関係もない人間だから、人を人とも思っていないような歪な感覚。だから化粧しようが何をしようが自分の勝手と言わんばかりの箍の外れた態度だ。私には単なる傍若無人で育ちの悪い女性にしか見えないのだが、これも当の女性にしてみれば「多すぎて」ゆえについつい自分の非常識を露呈してしまったということか。

また、椎名は雑踏の中や電車のホームなど、至るところで注意喚起のために繰り返される溢れんばかりの機械音声（録音音声）を取り上げた。機械の繰り返しゆえにその意味するところが心に響かなくなってしまったことを指摘して、これも「多すぎて感じない現象」と名づけたのだ。ただ、最近はこの種のガナリ立ても少しは落ち着いた。日本人の「注意喚起」の仕方もちょっとレベルアップしたのだろう。

そういう自分にも「多すぎて見えない現象」に陥っていることがいっぱいありそうだ。対象が刻々変わっているという認識もなく、とても大事なことなのに「見飽きたもの」、「聞き飽きたもの」として思考を停止していることが確かにある。

「みんな仲良く」、「けんかは良くない」は戦後の教育目標の一つだ。それを否定するつもりは毛頭ない。ただ、「仲良く」だけが「善」で反対の「喧嘩」は「絶対悪」なのかということだ。勝っても負けても喧嘩や仲違いから学ぶことがたくさんあるはず。絶対に許してならないのは喧嘩で「禁じ手」を使う卑劣な行為だ。

今、頻繁に起こる陰湿な「いじめ」と、それが原因の悲惨な出来事が後を絶たない。遮二無二「仲良く」を取り繕わせることで、いじめが裏に回って執拗さを増幅させているということはないか。喧嘩を賛美しているのではない。「めったにない喧嘩」も開けっぴろげに行われる限り無意味なものにはならないと言いたいのだ。なぜなら、そこには双方にとって確実に「モラル」の出番が必要になるからだ。

世間にも自分自身の中にも慣れからくる「思い込み」がたくさんある。聞き飽きたスローガンや決まり文句のフレーズが「思考停止」に誘い込む。そこから自分を「再起動」させることが肝心なのだ。

シェルパやイヌイットはアルプスの花、モンゴルの星、北極圏の氷に感動することはなかったが、我々はその世界の言葉を聞くだけで想像が大きく膨らむ。そのようなめったにない感覚、失いかけていた感覚を日常に取り戻すことで、新たな生き方を再現したいものだ。

津軽では桜が終わると林檎(りんご)の花が岩木山麓や平野部を白や薄いピンクに染め尽くす。実にみごとな光景だ。これも季節限定ではあるが、景色として眺める場合は「多すぎて見えない」現象に入るのかもしれない。

ただ、その花の下では林檎農家の細かい段取りに従った営みが延々と続いていることは見逃せない。個々の花弁そのものに直接手をかけるような細かい作業に人々は総出で励む。マメコバチという蜂の力も借りながらの「受粉作業」、一本の中心花を残してあとは摘み取る「花摘み」、小さな実を結ぶ頃を見計らって行う「摘果(てきか)」(実すぐり)、「消毒」、「袋掛け」、「袋剝ぎ」、「葉取り」(実に日光を当てて色づきをよくするため)、「実回し」(まんべんなく実が色づくように)などなど。

加えて林檎の種類ごとの育て方や一定しない天候等への対応など、収穫まではなかなか気が抜けない作業が続く。そこには「多すぎて見えない」も「多すぎて感じない」も存在しない。生きるための営みにはじっと見つめ、手をかけなければならない作業がある。

こうしてみると、人には「望遠鏡」も「顕微鏡」も確かに必要だが、それ以上に大事なのは「度数」を整え、「ヨゴレ」を綺麗にふき取った「メガネ」だということだ。自分が自分という対象を正確に捉える営みがあって、はじめて確かな自分を見つけることができるのだ。

8　無邪気と邪気

◆おーい、けーばじょー！

約束の時間を気にしながらモノレールで浜松町へ向かっていた。進行方向左側の座席の間に立ったまま電車の窓ガラスにおでこをぴたりとくっつけて景色を眺めている子どもが目に入った。三歳くらいか。

突然、「あっ！　おうまさんだっ！」と大声で叫んだ。絵本やテレビで見た馬、その本物の馬を見つけて大興奮だ。

電車が高架のホームに滑り込んだ。その子は即座に、「ママ、ここどこ？」と訊ねた。おばあさんらしい人との話に夢中になっていた若い母親は、慌てて外へ目をやり、「おおいけいばじょう（大井競馬場）よ」と教えた。とたんに男の子は「おーい、けいばじょう！」、「おーい、けいばじょう！」と、大声で繰り返し叫んだ。電車の窓枠に両手をかけてぴょんぴょん跳びはねる。馬を見たのがよほど嬉しかったのだ。

間もなく、モノレールは別の駅に止まった。同じように、「ママ、ここは？」。母親は相変わらず話に夢中で、ちらりと確かめて、「てんのうずあいる（天王洲アイル）よ」と一言。

すかさず子どもは「おーい、てんのうずあいる!」、「おーい、てんのうずあいる!」と叫んだ。終点の浜松町でも「おーい、はままつちょう!」。「おーい、はままつちょう!」。なるほど、先程の「大井競馬場」の「大井」は、その子にとっては駅名の大井ではなく、大好きな馬へ呼びかける「おーい!」で、「おーい、お馬さん!」だったのだ。調子づいたその子は次の駅からは、駅名への呼びかけをはじめたということだ。何とも微笑ましいことではないか。脈絡は整っていないが、子どもの魅力をパッと見せつけられた思いだった。

浜松町で乗り換えのため、私は山の手線の内回りのホームへ急いだ。彼は母と祖母に手を引かれてあちらこちらをキョロキョロしながら外回りのホームへのエスカレーターへ向かった。電車の中でも「おーい、たまち!(田町)」、「おーい、しながわ!(品川)」と頑張ったのかもしれない。いや、もしかしたら、今度はもっと違ったものに瞳を奪われて、新たな「活躍」がはじまったのかもしれない。

それにしても楽しい光景だった。私はいつの間にか、気を揉んでいた時間の遅れを忘れていた(結果的には4~5分の遅刻で済んだ)。でも、それよりも「一生懸命」な子どもに出会ったことが何とも愉快だった。

小さな子どもには「邪気」が無いから「無邪気」なのだ。分別に勝る大人も子どもの頃には素朴で無邪気な好奇心があったはずだ。

子どもは自他の区別がなく、打算とは無縁の世界に生きる「コスモポリタン」。気持ちと行動の間に垣根などが存在しない純真な「ボヘミアン」。夏であれ冬であれ、晴天であれ雨天であれ、それらをあるがままに受け入れて疑わない純朴な「ナチュラリスト」。性差、年齢差、その他諸々の違いには全く頓着しない世界に生きる「エスペランチスト」。動物、植物、おもちゃなど、全てのものと瞬時に一体となり、正義のために立ち上がる「ロマンチスト」。これらの魅力を大人になるとどうして見失うのだろうか。

◆変身(へんしん)

人は成長するにつれて自分の中に溢れていたはずの無邪気という「宝物」を失い始める。大人への道を進むには邪魔になるのだろうか。あるいは、無邪気と幼稚は同義だとでも思うのだろうか。変わることが悪いのではない。問題はその変わり方にある。

成長に伴い、家族、友人、学校、組織、社会などとの関係が深まる。他者との交感の場は急速に拡大し深化する。気持ちに混乱が起こるのはまさにこの時だ。ソトからの影響はプラスとマイナスのようにはっきり識別しにくい。さまざまな要素が複雑に絡み、どちらかというと平易で気楽な雰囲気を装って迫ってくる。人生経験が浅い若者がその選択や判断に翻弄されるのは当然だ。

この、ソトとの交感は生来(せいらい)持っていた無邪気だけでは制御(せいぎょ)しきれないことを知る。その人のモラルの如何(いかん)によってはソトへの無節操な同化が始まったり、反対にソトへの批判を抱いて自分の殻に閉じこもったりするなど、それまでに獲得していたはずの魅力的な無邪気が影を潜めていく。

ソトを意識し過ぎる生き方は、世間との関係を重視して生きてきた日本人のDNAのようにも見えるが、若者の場合はまだ規範意識が十分に育っていないという点でそれとは少し違う。

これまで多くの識者が展開してきた胸のすくような日本人論とか理想の若者像論とは別の次元での混乱を体験する。そこに共通するのは、成長とともにあったはずの将来への「展望」を欠いていることだ。野放図(のほうず)な楽しさはその種のもの以外はなかなか受け付けようとはしなくなる。

◆みんなが！

子どもが親にものをねだるときの常套(じょうとう)表現は「みんな持ってる！」「みんなやってる！」だ。「みんなスマホ持ってる」、「みんなSNSやってる」などと言って現実を大幅に誇張して親や保護者に迫る。親はその言葉に過剰に反応して、その直前まで理性的だったはずの分別が揺らぐ。「わが子は後れを取ったか」、「かわいそうに」と気を揉み、それまで温めていた親の見識をさらりと捨て、温情の世界にのめり込む。そうなると「みんなが！」をうまく使った子どもの勝ちだ。

私はここで親に「頑固」を望んでいるのではない。子どものオーバー表現に親が過剰に反応しがちなことが気になるのだ。「子どもの親である」ことと「子どもの理解者である」ことは同義でいい。しかし、「子どもの要求を安直に受け入れる」ことは全く別のことだ。

子どもへの「許可」がなし崩しになり、親子ともにそれを「理解」だと思い込んでいるとすれば、「木を見て森を見ず」の喩えと同じだ。子どもに選択権を持たせるのは良いが、その判断の甘さに気づいたら、軋轢（あつれき）を恐れず率直に親権（しんけん）を発動することだ。むろん、その親権は高圧的である必要はない。

社会がどんどん複雑になる。親も子もついていけないのは当然。互いによくわからないことを表明しあったうえでタッグを組むのが肝要だ。共通の場面で一緒に「勉強」を始めることが親権の平穏な発動ということだ。親の嗜好と子どもの嗜好がぶつかりあったまま、子どもに任せるのは投げやりで、その後の牽引やバックアップには結びつかない。

◆成績論・お任せ論

ついでにもう一つ。生徒の進路相談などで、親のボヤキは「勉強しなくて困る」だ。親の謙遜を差し引いても、成績への執心は凄い。近代日本を支配してきた「成績優秀」の価値観に今もギリギリと縛られている。まるで自分の失敗経験を子どもにリベンジさせたいとでも思っているかのようで、ちょっと気の毒だ。成績優秀はもちろん素晴らしいのだが、それ以外の「成績優秀」に匹敵するか、もしくはそれ以上の輝きを持つ「素晴らしさ」などのことは念頭にない。目に見えにくい「人柄」よりも目に見える「勲章」が欲しいようだ。

目の前に迫る「選抜」突破が最大の関心事で、その「関門」を通過しさえすれば、進学であれ就職であれ、そこには子どもの薔薇色の未来が開けると信じている。私に言わせれば、「成功は薔薇色」、「失敗は灰色」ではあまりにもお粗末。失敗を人生の糧と考えるなら、もしくは、もっと別な成功を狙おうと考えるなら失敗はハナマルではないが×ではない。意味のある○と考えてよさそうだ。私などは×から○へ、○から×へをしょっちゅう繰り返して今に至ったという実感がある。親が子に願うのは「性悪ではないこと！」だけでは満足できないようだ。

また、もっと困ったことは、「子どもに任せています」と事もなげに言い切る親もいることだ。そこには、言外に「私は子どもの意志を尊重してます」とか、「私は子どもの最大の理解者です」という響きがある。

子どもに「任せる」条件（親子間の真剣な対話）を省いておきながらその言葉を発するのは「投げやり」だ。ある意味では、「成績依存」よりも遥かに心許ない。それは喩えて言えば、自動車の免許がない子どもの運転を容認するようなものだ。

確かに、今、子どもを取り巻く社会と、自分が育ってきた社会のあり方があまりにも違い過ぎて判断を下せない場合もあるかもしれない。だからといって「子どもに一任」はおかしい。先ずは保護者自らが先生なりに素朴な質問をぶつけることだ。

親は子どもの成長に関してはだいぶ高めのハードルを設定しようとする傾向がある。奮起を期待してのことだろうが、果たしてそのハードルが適切で、それをクリアすることだけが唯一の目標に値するのかどうか。もう一歩遡(さかのぼ)って、自身の同年代の頃を思い起こしてみることだ。さまざまな葛藤、さまざまな不足感に苛まれながらも、それらと折り合いをつけながら今の自分があることに気づくはず。子どもも同じなのだ。

子どもは失敗、悩み、葛藤とともに成長する。その時、それを見届ける立場の人が傍(かたわら)に居ることに意味がある。たった一つの価値観を強要することを抑えて、まずは子どもが越えられそうなハードルを一緒に探すことだ。その場で子どもの失敗を共有するという姿勢を示すことだ。

子どもが経験を積むのはたいていはソトの世界からだ。それを観察するのが保護者の役割だ。子どものアップアップが始まったとき、傍に誰かがいることの意味は大きい。葉っぱが流れのままに流されていくのと、流れに逆らって餌に向かって懸命に泳ぐ小魚のどちらが魅力的か。そんなことに喩えるのは酷だろうか。

この「成績論」と「お任せ論」の二つに共通するのは親の考えが隘路(あいろ)にはまり込んでいるということだ。そもそも、親と子は生きてきた経験値という点で格段の差がある。その違いがあるからこそ子どもと本当の「関わり」が可能になるのだ。子どもがこれから求めようとしていることを親が既に体験的に知っているかどうかという問題ではない。もっと高い次元での関わり方があることに気づいて欲しい。自由放任は親と子の語らいの先にあるハナシだ。

◆先生に訊きます

イタリアのジェノヴァで伝統校（イタリアの高校は四つの伝統校という校種にわかれている）の中で「クラシコ」に分類される普通高校を視察したことがある。殿堂のような大きなホールで大勢の先生や生徒たちを交えた交歓会が行われた。生徒は男女ともに大人びた風貌だ。個人の主義主張が明確なはずのヨーロッパの若者であれば、自分の進路は自分の責任で判断するだろうと思いながら、「この先、自分の進路を決めるのにどんな手順を踏むか」と高校生たちに質問した。

屈強の若者が立ち上がって、「先生に訊きます。なぜなら自分たちは世の中の詳しいことはまだよく分かっていないからです」と答えた。この回答は私の予想を完全に覆した。素直すぎる。

続いてその高校の教師の一人が、「我々が分からなければ大学の専門の先生に訊いて生徒に伝えます」とのこと。実に率直だ。私の思い込みは見事にはずれた。その時思い込みに縛られていたのは自分の方だった。そう思ったら、その高校生たちが急に愛おしくなった。

日本の教育現場にありがちな過度な分掌依存（主担当の存在を意識して、そちらに任せようとする）の傾向や、生徒の側の無意味な「気兼ね」がないのは小気味よい。生徒と先生の関わり方が直接的で、互いに個性を認め合っている。

社会、学校、生徒の間には極端なフェンスが存在せず、自然なルールが敷かれていることも魅力だ。学習に対する虚心坦懐なあり方が日本とは違った教育観を育んでいる。

日本の場合は学校も先生も親も生徒までもが「立場」ということを過剰に意識し、そのような大上段からの構えが教育を硬直化させているようだ。だから、子どもたちは「分からないところは友達に訊く」などと平気で言う。それで済む次元のことならそれでいいが、生き方に繋がるような問題、急な判断を要する場合はどうなるのか。

わが国では教育効果を高めるために、こぞって教育システムの細分化、再構築に取り組んだ。それ自体は決して悪いことではない。ところがこの指導の分業体制が別の難問を派生させた。生徒との総合的な関わりに支障をきたすようになったのは想定外のことだった。

生徒指導は生徒指導部で、進路指導は進路指導部でなど、分業体制を自分の都合のいいように解釈して難題から逃れようとする動きがそれだ。本来、主担当を補完すべき立場の分掌がいつの間にか主担当に置き換えられるなどというような現象が起こる。

何か問題が起こると、「この問題の主管はどこの分掌だ！」などと平然と言いだす始末。まるで他人事のようで、それは指導の緩み、指導の放棄そのものだ。学校で子どもが不始末を犯したらまず当該学年や担任が、場合によっては管理職が、家庭にあっては保護者が解決に乗り出すのが第一歩。他人に向かって「うちの子を叱って」とか「社会が悪い」、「友達が悪い」では埒（らち）があかない。

また、「これからはしっかりマニュアルを作って問題の解決にあたります」と意気揚々と発言することもある。たいていの場合はマニュアルができるとそれは「お蔵入り」になる。苦心して作り上げた「カリキュラム」でもそれを生かせなければただの時間の割り振りだ。大切なのは決めたことに魂が入っているか否かということだ。

学校現場で最も機動力を発揮すべきは、学業であれ、生活面であれ、問題を抱えている生徒をどう立ち直らせるかにある。そこで問題になるのは指導者の足並みの乱れ、関わり方の温度差だ。これはマニュアルの作成だけでは解決できない。マニュアルとは主として手順を示すものだ。それは物理的な問題だ。一方、「傍観」、「見て見ぬふり」はモラルの問題だ。モラルの欠如はマニュアルでは制御できないということだ。関わり方の温度差を縮めるのは、誰しもがその職業に関わった当初に抱いていた気概をとり戻すことと、組織内で率直な評価がしあえるような人間関係の再構築への取り組み以外にはないということだ。

◆無邪気再び

学校も教員も生徒も保護者も形の上では一つにまとまっているように見えるが、実はそれぞれのどこかで空気が漏れていることが往々にしてある。建前と本音の間に隙間がありすぎるのはシリンダーが減ってしまった自動車のようでうまく走れない。

何か問題が起こるとすかさず、「どの分掌（部署）で対応すべきか」を真っ先に言いだすのは狡猾だ。狡猾は「邪気」だ。渦中から真っ先に逃げ出す姿勢は醜い。われわれが分業をしているのは全体の出来を良くするためだ。問題の場面でこそ互いに虚心坦懐を取り戻すことだ。それはだれもがかつては持っていた「無邪気」に通ずるものだ。

その後も折に触れて前述の「モノレールの子ども」を思い出す。無邪気は幼児の専有物ではない。ましてや、無邪気は幼稚と同義でもない。無邪気は青年期、壮年期、老年期にわたって蓄積された精神的な「贅肉」や感覚的な「雑味」を削ぎ落としてくれる妙薬だ。理不尽、不条理に苛まれる若者や大人の世界だからこそ、意欲的に無邪気を取り戻してナチュラリストやロマンチストを演じたいものだ。

9 神保町界隈

神田の古本屋街をのんびり歩く。古本を眺めたり手に取ったりするうちに、読んでみたくなるような本に出くわす。しかも、それらの中には思いがけない息遣いを感じさせてくれるものもある。

はじめは誰かが欲しくて定価で買い求めたはずの新刊本。その後、さまざまな時間を経てその人の手元を離れ、さまざまな経路を辿ってこの古本屋街に顔を出したのだ。思いのほか廉価で売られているものもあれば、ほとんど新刊と値段が変わらないもの、希少本となってプレミアムな値段がついているものなどさまざま。古書店に並ぶ本の値段は、その書かれた内容の如何だけではなく、買い手の関心の度合いにもよるようだ。

本を手放した人にはそれなりの事情があったはず。断捨離のため、居住スペース確保のため、あるいは持ち主が居なくなったためなど。それが系統別に選り分けられて古書店の棚や箱に並ぶ。

本を手に取っておやッと思うことがある。著名な著者が著名な文化人に贈呈するために「見返し」の部分などに、おそらく使い慣れた万年筆で書いたと思われる自筆の挨拶文が認められていたりする。また、本の中身に傍線が引かれていることもあり、問題意識の近さに刺激されて、とたんに誰とは知らぬ前の持ち主に親しみを感じたりする。

また、最近はあまり見かけなくなったが、個人の蔵書であることを示すハンコを丁寧に押してあるものもある。それらは意外なオマケで、本の著者や、かつての本の持ち主の存在がぐっと身近に感じられる。古本なればこそだ。

古書店は扱う書籍によっておおむね専門別、系統別に分かれている。だから神保町でも素通りする店がある。ただ、普通の本屋とは違って、大雑把に区分けされたままの本の中で、意外な掘り出し物に出会うチャンスがないわけでもない。しかも、それが廉価であれば、容易に購入リストに追加だ。

かつては新刊として、「面出し」や「平積み」で華々しく書架を飾り、脚光を浴びた本が今は古書店の棚に「棚差し」となって「帯」も有ったり無かったり、少し色褪せて、他の本と一緒に窮屈そうに背表紙を見せている。手に取ってみると、裏表紙には値段を貼りつけるためのハンドラーでペタンと打ち付けられた値札が無造作に貼られている。

その本を店主の机（レジ）に持っていくと、薄い白いビニール袋に（値段の高い安いに関係なく）ストンと入れて手渡してくれる。買い求めたことに対する店主の大仰な挨拶などがないのがいい。店主にとって、並べてある古本は売れさえすればいいというような単なる商品でもなさそうだ。新たな行き場所が決まった本を静かに送り出しているようにも見える。私はその雰囲気が好きだ。もちろん、希少本やシリーズとして膨大な巻数が揃った本であれば定価をはるかに超えた値段がついている。これも古書店なればこそだ。

ある時、私が三〇〇円で買った新書判をみて、九段下に居を構える友人のWさんがクイズを出した。「神田の古本屋が靖国通りの南側だけに並んでるのはなぜだと思う？」とのこと。とっさに、神保町の名前に由来ありか？　と反応したが、ハズレ。神保は江戸時代にその場に居を構えた武士の名字だという。次のヒントは、「本の大敵は？」ときた。二答、三答するも、いずれもハズレ。答えは「日蔭」だった。本の日焼けを防ぐための工夫だったのだ。確かに南側だけに並んでいる。ということは、店は全て北を向くことになり、本の日焼けを防ぐ知恵だったのだ。これも古本屋なればこそ。

神田に古本屋ができたのは明治十年代からで、近くの学校の学生たちを当て込んで店を開いたのがその始まりだという。店ごとに違った専門書を扱うのも、それぞれの学校の専門性に合わせたとか。明治、大正、昭和と盛況の時代を経て今に至る。三省堂も岩波書店ももとはこの界隈の古本屋から始まったという。

古本には独特な雰囲気がある。安いこともさることながら、それぞれの本が年月を経て、さまざまな栖処を離れた末に再び人前に顔を出していることへのいとおしさだ。そして、それを手にする人たちへの共感もある。ほとんどただみたいな値段で買った古本の内容の濃さに魅了されたりすると、貴重な遺跡の発掘にでも立ち会ったかのような悦びを味わう。

私は古書・古物・骨董などに傾倒しているのではない。ただ、ともすれば新しいということだけでそれに過剰な反応を示す現代の風潮が好きになれないのだ。古いというだけで軽んぜられ、捨て去られていく。まだ使い古してもいないのに、部品はもう無いからという理由で捨てられる家電類などと書物を同じ感覚で扱いたくはないのだ。さまざまな価値のあるものがいっぱい身の回りにあるのに、あまりにも単純な新旧という判断基準だけに過剰に反応する野放図（のほうず）な風潮も気に入らない。

神田の賑わい、それはこの町に同居する新旧の魅力にある。古書店街に隣接する小川町交差点界隈はアウトドアスポーツの店が林立して、一年を通じて客足が絶えなかったこともある。ブームが一段落すると、その大きな店舗が淘汰されるようにぽつりぽつりと姿を変えた。古書店街はその盛衰を余所（よそ）に今も底堅い人気がある。

旅行者と思われる外国の若者たちが、世界一の古本屋街といわれる路地まではみ出した書架を前に、盛んにポーズをとりながら写真に興じていた。きっと海外にも知れ渡ったスポットなのだろう。そういう意味で人気になるのも神保町なればこそか。

10　熱(あ)っつい稗飯(ひめし)と鰯(いわし)

教員として駆け出しのころ、同じ教科の大先輩に連れられて老舗の飯屋へ入った。その店は繁華街の十字路にある一等地の一画を占めていた。その割にはあまり目立つこともなく通(つう)の常連が出入りするような落ち着いた雰囲気の店だった。

そこでは酒も呑んだはずだがその記憶はない。カウンターの椅子に座った先輩は湯気の立つお絞(しぼ)りを使いながら「熱(あ)っつい稗飯(ひめし)にジュウジュウ焼いた鰯！」と注文した。季節は冬だったと思う。

なぜ稗飯と鰯なのか不思議に思った。その時は、どうせご馳走してくれるならもう少しそれらしいものがありそうだがと思った。しばらくして出てきたのは、作陶師(さくとうし)が丹精込めて作ったような厚手の焦げ茶色の器に盛られた熱々の稗飯。もう一皿はこれも分厚い四角い皿に焼き立ての脂がはじけるような鰯が一匹。どちらの器も飯と魚を際立たせる。

さっそく身をほぐし、醤油をかけてほおばった。旨い。飯も魚も香ばしくて旨い。漬物も汁もいらない。素朴なはずの食材が熱々なだけでこれほどの旨さが生まれるとは。先輩は新人の私に「通(つう)」の飯を食わせたかったのか。それとも土地に伝わる昔の素朴な飯の味わいを体験させたかったのか。その時は聞かずじまいだったが、感動の稗飯と鰯だった。

アメリカ文学者の常盤新平（ときわしんぺい）は岩手県の県北で生まれた。幼い頃、それしかなかった稗飯を出してくれた母親に「まずい」と文句を言ったという。そして今、郷里の二戸地方で再び盛んに作られ、大いに見直され始めた「白稗（しろひえ）」によって、亡き母を思い出すという。

現在、白稗はその土地ならではの食材として。「伝えるべきモノ」に昇格した。しかも、過去を想い出す懐かしい食材としてではなく、人気の健康食材として。稗には繊維質が多く、カルシウム分が十分に含まれ、ビタミンＢ１は玄米の二倍だという。雑穀だからその栽培も雑駁（ざっぱく）かと思われがちだが、実際には土壌の「下ごしらえ」という真剣な営みによって見事な味に仕上がるという。

かつて、二戸地方は冷害の常襲地帯で米ができない時代があった。代わりに雑穀といわれる「稗」や「粟」作りに励んだのだ。これらは低温、乾燥、過湿など、異常気象にも強いため「稗（ひえ）に飢饉（ききん）無し」と言われるほどの重宝（ちょうほう）な作物だ。したがって、当時、米作りがそこそこできるような地域でも、まさかの冷害に備えて「救荒作物（きゅうこうさくもつ）」としての稗も植えておいたという。ただし、いい加減にできないのは有機的な「土作り」だ。その年の天候をじっくり見極めて、いつ、何を、どれくらい土の中に鋤（す）き込むかなど、各家には代々にわたって伝わる秘伝があったという。

頑丈に育てて収量を確保するためには、稗の実の重さを支えるだけの茎の長さ、太さ、風に負けないしなやかさが必要だ。土作りを間違うとこのバランスが崩れて厄介な「倒伏（とうふく）」につながる。窒素分が多すぎると稗の茎が伸びすぎて、実の重さに耐えられず倒れ伏してしまうのだ。何だか人間の子育てととオーバーラップする。

人はだれでもやったことの結果には一喜一憂するが、その原因や経過についてはあまり真面目に振り返らない。無関心なのではなく、過ぎたことにはあまり頓着せず、次へ向かおうとするのだ。こだわりを捨てるという点ではそれも一つのあり方だ。だが、作物を育てる場合は、気持ちの切り替えだけでは立ち行かないのだ。

失敗したやり方をそのまま繰り返したり、手直しの根拠も確かめないまま決断を下したりするのは愚の骨頂だ。生きるための「食」にはもっと真剣でなければならない。天候という自然現象は人の手には負えないが、土づくりは人の手で変えることができる。その工夫によっては収穫の出来栄えを変えることができるはずだ。

このことは人間のすべてにわたる哲理(てつり)だ。料理の「下ごしらえ（準備）」がいい加減だと食味もそれ相応。試合に臨む前の緩んだ練習も相応の結果に終わる。勉強も商売も然り。自分にできる範囲で十分に下ごしらえをしないままの失敗を「運が悪かった」で済ますのはあまりにも能天気(のうてんき)だ。運も人の取り組み次第ではそのレベルが変わるのだ。

結局は目指すものを手に入れる、目指すところへ到達するためには、相応の「下ごしらえ」（準備）ができるかどうかにかかっていること。しかも、それは決して華々しいものではなく、地味で、素朴で、我慢が要る土づくりと同じ営みだ。それをどこまでやりおおせたかで結果が決まる。

人間にとってどうにもならないのは自然の摂理。どうにかなるのは事に当たるときの準備。そこで手抜きがあれば自然のなすがまま、自然の摂理にのみ込まれるだけ。

ついでに、稗の収穫にまつわる工夫をひとつ。

「稗島」ということばがある。収穫した稗は天日で一カ月ほど乾燥するとおいしい稗に仕上がるという。しかし、この間に鳥に啄まれてしまうのは何としても防がなければならない。そのための知恵がこの「稗島」だ。

刈り取った稗を束ね、茎についたままの稗の実はすべて内側に隠れるように重ねて積み上げると、稗を島のように積んだ外側はすべて茎で覆われることになる。それは雨を防ぎ、鳥害（主に雀が集団で飛来して貪欲に食い漁る）を防ぎ、一カ月もすると乾燥が十分に行き届いたおいしい稗に仕上がるという。稗の刈り取りをした後には、人の丈ほどの大きさの「稗島」が今でもあちらこちらに見られる。これも、せっかくの収穫を鳥にやられたという失敗から学んだ知恵なのだ。

考えてみると、我々人間は「失敗」をどうにもならないもの、徹底的に忌避すべきもののように思い込みがちだ。ところが、「失敗」には二種類あって、ひとつは「失敗」で終わる「失敗」。もう一つは次の成功を生み出す「失敗」だ。後者には失敗を生かしたという点で相応の知的な喜びがある。「失敗」を目の敵にしているだけでは本当の次へはつながらないということだ。

11　桜の蕾と中田喜直

「春」の原義を思い起こさせるのは「蕾」という言葉だ。春は木の芽や花の蕾が膨らんで「張る」ことから生じた言葉だといわれる。草木が一斉に芽吹く状態が「ハル」なのだ。東京の桜が今にも咲き出しそうに蕾が赤く膨らんだころ、作曲家の中田喜直を訪ねたことがある。港区の音楽事務所を尋ね当て、あらかじめ連絡しておいたとおり来意をつげると、奥様が応対に出てくれた。「恐れ入りますが、中田はまだ食事が終わっておりませんので、少しロビーでお待ちください」とのこと。平成十二（二〇〇〇）年三月二十八日のことである。

明治三十三（一九〇〇）年に青森県の第一高等女学校として創立した伝統の女子高校も、その後、県立弘前中央高校と校名が変わり、更に時代の要請によって男女共学に移行したのは平成九（一九九七）年のこと。

戦後間もない頃にも短期間ながら共学の時期があったというが、この本格的な共学を迎えるにあたって校歌を考えたとき、女子高校のものをそのまま使うことにはしっくりこないものがあった。教職員のだれもがそれを感じていたが、校歌のことゆえ、言い出すことにためらいもあったようだ。伝統の女学校の校歌は既に二代目のものだ。男子生徒の入学を機にそれにふさわしいものに替えようという意見と、相当な愛着がある校歌を替えるとはもってのほかという意見に分かれていた。

校歌検討委員会でもやはり二つの意見が拮抗。新校歌樹立派は、女子生徒にはいいが男子生徒にはちょっとどうかという文言もあるので、この際一新すべきと主張する。一方、現校歌擁護派は、※谷川俊太郎作詞、※中田喜直作曲というスマートな校歌は他に類をみないほどのものだからそのままといってきかない。同窓生や、その家族の中にも強い愛着を持っている方々がたくさんいて、替えることへの抵抗は相当なものだった。

私は個人的には現行の校歌は大好きだったが、やはり男子生徒を全く意識せずに作られたものなので、その歌詞には部分的ながらどうしても共学校には馴染まないものがあることを感じていた。

本来、校歌とは学校が掲げる教育の理想を堂々と歌いあげるはずのものだ。その理想とはその学校の生徒をどのように教育するかという理念だ。そこには男女の差を越えた人間教育という大きな目標がある。そしてその次にあるのが、そこで誰が何を学ぼうとするのかという問題だ。そこにはじめて学校ごとの特色が意識される。どんな校種か、そこに集うのは男子だけか女子だけか男女共学かというのはこの段階だ。当然、生徒の理想とする生き方を意識した校歌であるべきだ。

その学校は明治三十三（一九〇〇）年に女学校として創立した。時代を担う女子教育の理念が格調高く謳われた最初の立派な校歌が今も校内に掲げられている。その後は校名も変わって、新しい時代の女子教育を目指し、二つ目の校歌が樹立された。その校歌は生徒たちには大変な人気があった。当時、時代を牽引する詩人谷川俊太郎と作曲家中田喜直が新しい女子高校生像を謳いあげたものだ。それは校歌の雰囲気をがらりと変えた斬新な魅力に溢れていた。

その学校に再度変革の波が押し寄せたのは、伝統の女子教育から男女共学への移行という時期だった。時代の要請により、明治以来の女学校、女子高校は大きな転換期を迎えた。この時、教員間で真っ先に話題になったのはトイレのことだったのは笑えない事実だった。男女共学によるカリキュラムをどうするか、部活動をどうするか、学校として新たな世界を構築しなければならない時を迎えていたのだ。それはわれわれ自身が新たな教育観を持たねばならないということでもあった。

生徒の収容問題に追われて、校歌の問題はどんどん後に追いやられた。校歌のことが俎上に載せられたのは学校が動き始めて少し落ち着きがでたころだった。女子生徒にとっては理想の校歌でも、男子生徒が歌うのには違和感がある。共学実現の当初は生徒数の男女差は歴然としていたので、校歌の問題は緊急性を帯びてはいなかったが、不都合だという意見は出始めていた。

職員会議で話題になった論拠は大きく二つに分かれた。一つは、校歌が上品で洗練されたものだから替えないという意見。もう一つは女子生徒の理想が謳われているものをそのまま男子生徒に歌わせていいのかというものだった。

校歌検討委員会が立ち上げられ、これらの問題について結構な時間をかけて討議したが、なかなか一つにはまとまらない。はじめに「現行校歌ありき」の意見が多い。それだけ今の校歌が愛されているのだ。それは当時、その学校で二番目の古株だった私としても十分に納得だ。でも、意見を聞いていて嗜好や愛着というものは理念や道理とはなかなか相容れないものだなと実感した。

私は、個人的には新校歌樹立の意見を固め、いつまでも埒があかない場合の妥協案を考えていた。「校歌は新しくする。但し、作詞、作曲は現校歌と同じお二人にお願いする」という案だ。検討会議ではようやくこの案で決着。職員会議を経て、結局この案に落ち着いた。

谷川俊太郎氏と中田喜直氏に手紙で事情を説明し、新校歌の制作に取り掛かってもらうことになった。もし、構想を練るうえで、現在の学校をご覧いただく必要があるならば是非ご来校いただきたい旨も付け加えたが、ご多忙とのことで、こちらの様子を写真に収めてお送りした。

先に作詞が完成し、それをもとに作曲がなされた。新校歌が完成したのは平成十二（二〇〇〇）年のことだ。但し、作曲の方は、最終的には中田氏のお弟子さんが少し調整することで完成に漕ぎつけた。それは中田氏が健康を崩されていたためだった。

さて、話は港区の中田音楽事務所に戻る。

中田氏の食事が終わってわれわれは中へ招じ入れられた。その部屋には静かな音楽が流れていた。とても心地よい曲だった。聴き覚えのある曲だが曲名は出てこない。氏は「これは何？」と奥様に聞いた。「ＦＭですよ」との返答にちょっと意外そうな顔でうなずいていた。

室内には、「中田喜直喜寿記念コンサート」のポスターが貼られていた。それに興味を示して顔を近づけたところ、ご本人は「追悼コンサートにならなきゃいいんですがね」と、ポツリとひと言。ちょっと意外なジョークのように聞こえた。

奥様はたっぷりした大きめの茶碗でお茶をすすめてくれた。お茶菓子はウグイス色の羊羹だったが、「これは春らしい羊羹ですからどうぞ召し上がって」とのことだった。部屋は何階だったか忘れたが、エレベーターで昇ったので、三階か四階だったと思う。窓のすぐ外には今にもはじけそうに、濃いピンクに色づいて膨らんだ蕾をいっぱいにつけた桜の枝が見えた。津軽よりもほぼ一カ月も早い桜の芽吹きが強烈な印象となって残っている。

後で知ったことだが、その頃の中田氏は病を患っていて、闘病生活をされていたのだった。変なジョークだと思ったことが、実は自身に対する大きな危惧を言い表していたのだ。

次の日は杉並区役所の近くで谷川氏にも会った。自転車にスニーカーという恰好で現れ、全く飾らない風貌だった。色紙に細いマジックで「ことば遊び」の詩を書いてくださった。

三つ目の新校歌の完成を記念して、谷川氏を学校に招き、全日制・定時制の全校生徒を対象にした講演会を開催した。生徒との間で活発なトークが展開されたのも思い出深いことだ。

※「中田喜直（なかだよしなお）」：東京都渋谷区出身。『ちいさい秋みつけた』『めだかの学校』『夏の思い出』など、

小中学校の音楽の時間に歌い継がれている楽曲を作曲した。日本における二十世紀を代表する作曲家の一人。二〇〇〇年五月三日七十六歳で死去。

※「谷川俊太郎（たにかわしゅんたろう）」：東京都杉並区出身。日本を代表する詩人の一人。詩風は幅広く、各国語に翻訳されて世界中に読者を持っている。

12　猿の跋扈

「今、ここに猿がいませんでしたか？」と息せき切って石段を駆け上がってきた人がいた。神社の下にある新聞社の支局の記者だ。猿が一匹、お宮の松の根元から下を見下ろしていたというのだ。彼にとってはあまりにも意外な出来事だったので慌てて取材にきたのだ。長年お宮を守っている宮司の私にとっても、その記者の言葉はにわかには信じ難く、何かの見間違いではないかという受け止め方をした。

それほど猿の出現は意外なことだったのだ。これまで一度もなかったことなので、私の中ではあり得ないことの一つになっていたのだ。

ところが何日もしないうちにそれが事実だったことがわかった。近くの町内からも猿を見たという話が聞こえてきた。町の人たちはまだその時点では猿の珍しさにほのぼのとした反応だった。猿の方でも人との接触を避けるようなそぶりが見える。

住民にとっては、なぜここまで猿が来るようになったか、山に餌がないのかなど、可愛さと不憫さが入り混じったような気持ちで眺めている。中にはリンゴを投げ与える人もいた。

猿にとってこの新天地は心地よいものと思い込んだのだろうか。この地を開拓したフロンティアに続く猿も次々に現れ、いつのまにかこの付近をテリトリーにし始めたようだ。それでも猿は少しヨソユキの態度で、人さまには迷惑をかけませんヨと言わんばかりの仕草のようにも見える。近所の人は、あれがボスか、とか、子猿をおんぶしているのは母親かとか、グルーミングしているのを微笑ましい眼差しで見つめ、おおむね好意的に迎えていたが、残念ながら人間と猿との平和な関係はそこまでだった。

この地に居ついた猿は急激にその行動を傲岸不遜なものへと変えていった。猿の採餌行動には図太いものがある。いったん味を占めると、とたんに傍若無人な振る舞いに及び、その横行闊歩は目に余るものがある。ズルスケ坊主が叱られないことをいいことに、その悪たれを増長させるのに似て、作物は手当たり次第に食いちぎる。庭に植えて毎日大きくなるのを楽しみにしている野菜、果物は恰好の標的にされる。

地域の人たちは防御を試みるが、敵もさるもの。簡単に猿除けの柵やネットを蹴散らして侵入する。こうなれば人々も堪忍の限界。珍しさ、可愛らしさの感覚はどこかへ吹っ飛び、対決し追い出すべき難敵として宣戦布告の態勢となる。

やはり野生の猿と人は十分な距離を保って、情緒的な存在として互いに認め合う関係が望ましいのだが、それは人間の勝手な思い込みだ。猿は食って生き延びるという本能に従うのみだ。

私がかつて勤務した高校の応接室に明治の歌人鳴海要吉の「猿が鳴く浜」という大きな額がかかっていた。

あそこにも道はあるのだ頭垂れ人ひとりゆく猿が鳴く浜

と揮毫されていた。当時まだ猿の鳴き声を聞いたことがなかった私は、この歌の世界を決定づける「猿が鳴く」という情景がよく分からなかった。今、自分の身近で実際に夜の静寂を切り裂くように聞こえてくる、切羽詰まったような猿の鳴き声を耳にすると、猿の集団の中で何か不測の事態でも起こったのかと落ち着かなくなる。

人が近づいたときなどに猿が発する警戒の声は意外に穏やかだ。ところが夜陰にこだまする声はボスか親猿に従わなかった個体が雷を落とされて泣きわめくように聞こえて不憫にもなる。

さて、人家の近くに居ついてしまった猿の悪行はいよいよもって筆舌に尽くしがたいものになっていく。簡潔に列挙すれば次のとおりだ。参詣人への威嚇、手水舎の占有、神社の外灯破損、社殿への侵入、供物失敬、樹木の折損、各種果実・野菜の食害、電線断裂など枚挙にいとまがない。

特に栽培作物の被害は甚大だ。春に植えたジャガイモの種芋を畝に沿って掘り出して食うので全く芽が出ないこと。夏はメロン、スイカ、カボチャなど皮だけを残して中身を綺麗に平らげ、それでも足りずにもう一つを両手で抱えて走り去る。すくすくと伸びた葱の白根が大好物で、葉っぱを残して無残な姿に。裏庭に植えた枝豆の待ちに待った収穫日の朝にすっかり食い逃げされ、吊るした干し柿は完全に渋が抜けきらないうちに綺麗に行方不明。柿を吊るしていたタコ糸だけが空しく垂れさがっている。

このような猿との攻防を経てあらためて考えさせられたことがある。「時宜(じぎ)を逸すれば結果も逸す」、「思い立ったが吉日」ということだ。猿への対策が後手(ごて)に回ると、何倍もの労苦を費やしても、それに見合った効果は期待できないということだ。

方々から猿被害の悲鳴があがるが、自然災害への対応とは違って、行政もこればかりは「間髪を容れず」とはいかないようだ。野生動物保護という条例があるのだ。その間に猿の繁殖が進み、この地で生まれ育った二世、三世の猿が主流になる。当然、かつての遠慮がちだった先輩猿の規範意識は全く顧みられなくなり、確実に下品で狡猾(こうかつ)な猿の世界が出来上がっていく。

子どもでも若者でもそれぞれの場面で相応に躾けられて成長する。躾の成果は「その都度」にある。後回しになれば効果は期待できず、指導放棄と似たような結果に陥る。

最近は褒めて育てることが人気だ。それはそれで一つの哲理だが、本気でそれを実践するのは難しい。「称賛」に軸足を置きすぎて、対極にある「叱責」を疎んじるきらいがある。「叱るのはかわいそう」、「相手の気持ちを害してはいけない」など、感情論にとどまって、教育論には繋がりにくいことが問題なのだ。

子どもであれ大人であれ、叱られて悲しんだり困惑したりしているのを見るのはつらい。そこには憐憫(れんびん)の情(じょう)が湧く。孟子(もうし)の言う「惻隠(そくいん)の情(じょう)」（人をいたわしく思う心や憐れみの気持ち）だ。しかし、それは簡単に「傷を舐(な)めてやる」こととは違う。もっと相手と自分の双方の内面に深くかかわる心情のことだ。

「褒める」ことと「叱る」ことのバランスがとれてはじめて「指導」の実が上がる。しかも、「時」を逸することなしにという条件の下で。

世間で言う「優しそうな人ですネ」というのは「他に褒めようがない人ですネ」という意味だとか。なるほど慧眼だ。本物の優しさは雰囲気だけでは御しきれないのだ。

猿の狡知に翻弄されて、あらためて自分を顧みることになった。それにしても、猛吹雪や豪雨の時などは猿はどこでどうしているのかと気になる。猿の集団が少しの間でも姿を消すと、せいせいする一方で、何処へ何しに行ったものかと思いやるのは私だけではなさそうだ。

13 「逆さ地図」礼讃

日本地図や世界地図を逆さまにしてジーッと見つめる。すると、自分の感覚がちょっと揺さぶられるような変な感覚に陥る。次に丸い地球儀の中に任意の国や大陸を定めて、そこを視点にしたらどの範囲まで見えるか。今まで見慣れた地図上では見えていた大陸や国々や島々が歪(いびつ)に脇へ押しやられ、姿を消してしまうものもある。反対にあまり意識されなかったような国々が眼前に迫ってくる。実際の地勢そのものには何らの変化はないのに、視点を変えただけでその対象ががらりと違ったものに見える。

市販されている地図は上が北で下が南だ。日本地図を逆さまにすると、北海道が下で沖縄が上になる。それと同じ視点で世界地図をみたらどうなるか。南極が上で北極が下。他の国々もすべて逆さまになる。見る方向が変わるだけでその対象は違ったものに見える。考えようによってそれは逆さまでもあり逆さまでもないということだ。固定観念の脆(もろ)さに気づく。

オーストラリアのゴールドコーストでオーストラリア大陸を中心に据えた世界地図を見たことがある。その時はちょっとした気持ちの混乱と、新鮮な驚きを味わった。見慣れないものを見た「ハテナ?」や「オヤ!」だ。いつも見知っているものが新しい別物に見えてくる戸惑いに戸惑ったというべきか。

その地図ではまず、海のイメージががらりと変わった。それまで太平洋、大西洋、インド洋、南極海は頭の中ではそれぞれ独立したイメージだったが、現実にはオーストラリアを囲む一つの海でしかない。当然と言えば当然だがその気づきはいかにも新鮮だ。

では、従来の地図の真ん中にデンと構え、存在感を示していた大陸や国々はどう見えるのか。北アメリカやユーラシア大陸は遠くへ退き、代わりに南アメリカやアフリカ大陸がドンとオーストラリアの両脇を固めるように張り出す。その他の国々は遠く離れてわずかに地図上に姿を残したり、消え去ったりとさまざまだ。日本は推して知るべし。

もう一つの例。ユーラシア大陸（中国やロシア）の日本海沿岸から日本海を隔てて日本列島や台湾方面を展望するという地図がある。これは日本でも立派な地図帳として市販されている「逆さ地図」だが、そこでの日本はなんとも奇異な姿に映る。

まるで日本海は大陸と日本列島に囲まれた湖のような恰好だ。カムチャッカから台湾方面までを俯瞰（ふかん）するとさらに大きな湖に見えてくる。荒れる日本海といわれるが、それは冬の季節風のしわざ。それを除けば、古来、大陸と日本の間には太い海の道が幾筋もあって、文化や文明の通り道として栄えた〝湖〟だったことが分かる。

最近の国情のもとで大陸側の人々が日本の国土を眺めたらどうなるか。もしかしたら、その先に広がる太平洋への転進を阻む厄介で堅固な堤防のように映るかもしれない。特定の視点（政治的、経済的な思惑など）から見れば、自然的、地理的なものとは違った意味を持って迫るのだろう。

さて、人が何かを考えたり、判断したり、評価をしたりしようとするときに基準になるのはその人の知性や感性だ。経験や勘といってもいい。それらは学問的なものだけではなく、懸命な人生経験から体得したものも含まれる。最近はメディアからもたらされる間接経験も見逃せない。ただ、一人の人間の経験はどんなに多めに見積もってもたかが知れている。未経験のことの方がはるかに多いのだ。万事を過不足なく断ずるなどは神様のなさることだ。

困ったことに、人には自分の知性を過信する傾向がある。それは「速断」や「誤信」を招き、思考や言動をぐらつかせる。大きなものを測るのに小さな「物差し」しかない状態や、箱の中の小さな穴から限られた外を覗くのに似ている。だから世の中には「誤謬推理（ごびゅうすいり）」が蔓延する。それに気づくのが「逆さ地図」に学ぶ姿勢だ。見えていない部分にも真実があるということ、今まで見慣れ、思い込んでいたものだけが真実とは限らないということに気づくことだ。

人柄、事柄、何事につけ視点を変えれば新たな発見があるということだ。ベクトルの変更によって欠点や欠陥が消えることはないかもしれないが、思い込んでいた評価だけでは埒（らち）が明かないことに気づく。「逆さ地図」の意義はそこにある。

人は「非日常」を体験するとある種の感慨を抱く。高山の頂に立つ、大海原に漕ぎ出すなど、大自然の中で自らを鼓舞して行動するとき、その経験は人を変える。日常的に苛（さいな）まれていた苦悩が些事のように思えてくる。それは頑張りが苦悩を忘れさせたのでもなければ、消してくれたのでもない。自分自身が日常から外の世界へ踏み出したことで、日常の体験（苦悩、苦痛など）が些細（ささい）なものに感じられるようになったということだ。自分の捉え方が変わったのだ。それだけ自分の心が広がりと深まりを持ったということだ。書物、芝居、その他さまざまな芸術などで心が揺さぶられ、心が洗われ、新たに我が身を振り返らせてくれる魅力と同質のものだ。

自分の中にありながら未だ自覚できないままの感覚や分別を刺激し、自分の思考、感性よりも遥かに高邁なものの存在に気づかせてくれる。慣れ切った感覚や価値意識に絡めとられているだけでは新しいものとの出会いはない。自分のベクトルを変えてみることだ。逆さ地図はそのことに気づかせてくれる。

人にも、身近な世間にも、社会にも、時代にもそれぞれ「常識」とされるものがある。そしてそれは時間や状況とともに変化するのだが、ここではその常識の質を問題にしようというのではなく、人はいかに自他の常識に絡め取られ、自ら隘路（あいろ）にはまりこんでいるかということを指摘したいのだ。

人の常識はその人の判断の物差し、価値の意識による。それに照らして理想、希望、好悪の感情を抱く。だから、まずはアンテナの向きをさまざま変えてみることだ。個人的なたった一つの「定点観測」では得られない身の回りの魅力に気づくはずだ。かすかな電波をとらえられるように自分の感度を高めることで大切な人生が開けていく。

あとがき

今から四四四年前、天正四（一五七六）年に下総尉の一族だった工藤家十一代に当たる私の先祖は津軽初代藩主より神社の社司に任じられた。以来二十八代まで神主としてお社を護ってきた。その社殿は日本海を見下ろす海岸段丘の中腹にある。

今もその父祖の地に住みながら、安土桃山時代以来この地に生きた先祖に思いを馳せる。気象、地形、植生などは幾分の変化を経ながらもほぼそのまま今に続いているはず。そしてここには連綿と続いた私の先祖たちからの一途な営みがあった。

私はその遥かな古へのアプローチを試みるのだが、四百五十年近くという時間が霧か霞か靄のように幾重にも立ちはだかって、末裔による尊崇の念はなかなか届きそうにない。

頭上遥かに南へ向かう幾筋もの飛行機雲が見える。ヨーロッパから帰ってきた航跡なのだろう。移動の手段、糧を得る手段、健康維持の手段、思慮分別の基準など、世の中の仕組みや生きるための手立ては大きく変わった。それは進歩として大いに誇っていい。それらをもって今に生きる我々が過去の人々に対して優越感を抱くのも分からなくもない。

しかし、価値観、倫理観、人生観など、生き様の芯にあたる部分は果たしてどうか。世の中の進歩や便利さに見合うほどに潤沢な高まりをみせているのか。私にはむしろ、飽くことのない不足感を託ちながら生きているようにも見える。大切なものを見失いながら、失ったことにさえも気づかずに生きていないかどうか。

　進歩という思い込みの中で、これまで営々と持ち伝えた本当に価値のあるものが劣化し、退化し、さらには消滅していくことに気づき恐れることだ。現代に生きる我々が今腰を据えて挽回しなければならないのはこのことだ。

「人事」や「自然」から本当の自分を確かめる心や眼を取り戻す術を学ぶことだ。それには優れた感性や知性だけが不可欠なのではない。まずは、雑多な思惑に絡めとられて右往左往する自分の意識や気分をリセットし、リスタートを試みることだ。するとそこには見失っていた掘り出しものが再び姿を現すはず。そしてそこからまた新たな人生が方向付けられていく。

　人生はいつだってこれからなのだ。

宮藤　等（くどう　ひとし）

青森県出身。公立高校教員、神社宮司等を歴任。
現在フリー。

【著書】
『安宅　正得丸の水主たち』文藝春秋
『北条時頼公　北へ ― 津軽往還の記 ―』風詠社

つれづれくさぐさ
徒然種々

2020年８月23日　初版第１刷発行

著　　者　宮藤　等
発 行 者　中田典昭
発 行 所　東京図書出版
発行発売　株式会社 リフレ出版
〒113-0021　東京都文京区本駒込 3-10-4
電話 (03)3823-9171　FAX 0120-41-8080
印　　刷　株式会社 ブレイン

ISBN978-4-86641-345-7 C0095
Printed in Japan 2020